「信濃デッサン館」「無言館」遠景

赤ペンキ と コスモス

窪島誠一郎
kuboshima seiichiro

清流出版

「信濃デッサン館」「無言館」遠景——赤ペンキとコスモス

目次

第一章 「美術館」遠景　5

第三章　赤ペンキとコスモス　221

あとがき　279

装　幀　柳川貴代
編集協力　野本　博

第一章

「美術館」遠景

老春新雪

還暦をすぎてから三どめの正月がやってきた。私は一九四一年十一月の生まれだから、今年中には六十四歳になる。

そんな「老い」の眼でみるせいか、今年の信濃の雪はとりわけまぶしい。とくに最近は、わが地方でも温暖化の傾向が顕著で、一昔前にくらべると降雪量が半分くらいになっている。美術館の窓からながめる独鈷山《とっこさん》の頂きや、塩田盆地を染めている雪げしきが、何か新春を祝う自然界からの贈り物のようにみえるのは当然かもしれない。人の生命が二どと戻らぬものであるのと同じように、今年の雪も二どと出会えぬ雪だからだ。

私の営む「無言館」の戦没画学生たちの絵のなかにも、雪を描いた作品がいくつもある。終戦の年にフィリピンのルソン島で二十一歳で戦死した佐藤孝は、あの「きけわだつみのこえ」の手記でも知られる東京美術学校（現・東京芸大）出身の画学生だが、描きのこした絵には雪をかぶった山岳風景が多い。故郷の静岡は雪の少ない土地だったので、旅先の雪の白さがよけい孝の画興を刺激したようだ。戦火が烈しくなった昭和十八年、孝は美校に僅か一年余在籍しただけで繰り上げ卒業し、「画作の少なきことを残念に思う」と言いのこして出征する。孝の描いた純白の雪山は、孝が空白のままでのこした画帖の白さにも似てやるせない。

同じ昭和二十年、三十一歳で満州の延吉で消息を絶った画学生千葉四郎にも雪の絵がある。郷里弘前で描いた「赤レンガ倉庫のある風景」がそれだ。降りつもる雪のなかにポツンと建つ古びた倉庫。染みわたるような画面の静寂が、むしろ戦時下に生きた一青年の胸中を表すかのよう。両親は最後まで四郎の戦死を信じず、毎日仏壇にむかって「いつか息子は帰ってくる」と読経を欠かさなかったそうだ。

亡き若者たちに思いを馳せるとき、六十路の初春にしんしんと降る一期一会の雪がたまらなく愛しくみえる。

（信濃絵ごよみ336）

学校美術館

先日、長野県の南にある下伊那郡泰阜村《やすおか》に講演に行ってきた。泰阜村と言えば、今年で開館五十一年めをむかえる「学校美術館」があることでも有名な村だ。

美術館が泰阜北小学校の裏山に建設されたのは一九五四年十二月のことで、建設を発案したのは当時の久保田倫《ひとし》校長だった。まだ戦後の混乱がおさまらない昭和初期、学校が戦前から収集していた美術品約四十点の一般公開を思い立ち、ＰＴＡや同窓会、村民からの寄附をつのって開館にこぎつけたのだ。京都・宇治の平等院を模したという左右対称の和風建築は、ちょっとみると美術館とは思えないような古風で優雅なたたずまいの建物である。

何がスバラシイかといえば、この美術品が昭和初めの一九三〇年、十一代校長だった故・吉川宗一氏の「こういう時代だからこそ子供たちに夢を」の掛け声のもと、教職員の給与の一部を毎月積み立てして収集されたという点である。何しろ昭和の初めといえば、世界恐慌による不景気で村は貧窮のドン底にあえぎ、子供たちに弁当さえ持たせることのできない時代だった。そんな時代に、教職員や村民が自らの賃金をカットして美術品の収集に立ち上がったというのだからおどろく。収集された作品は、信州とも縁の深い中村不折、池上秀畝、片桐白登、丸山晩霞といった著名画家の作品をはじめ、泰阜村出身の彫刻家倉澤興世の彫像など約三百四十点にもおよび、その収集活動は現在もつづけられているというのだ。五十一年前にオープンした「泰阜村立学校美術館」は、そうした泰阜村々民総参加の美術品収集の到達点だったといってもいいのである。

「ここには美術館の原点の姿があります」と私は講演でしゃべったが、その気持ちは今も変っていない。「先人たちが自らの生活苦とひきかえに後世の子供たちに残していった美術品が並ぶ――それこそが美術館所有の最高傑作である」という美術館案内の言葉がいつまでも心にのこった。

（信濃絵ごよみ337）

「季刊文科」

わが長野県は、岩波茂雄、古田晁といった超一流の出版人を輩出した土地でもある。昨今の出版界の不況、逆風にもめげず、良書の刊行に骨身をけずっている県内の小出版社の数も多い。長野県を「教育県」と呼ぶ人がいるけれども、私は本当は長野県を「出版県」と呼んでもいいと思っているくらいなのである。

そんな信州の出版風土を象徴するような地場産の文芸誌に「季刊文科」がある。発行元の鳥影社は諏訪市に本社を置き、たぶん営業的には苦労しているにちがいない純文学系の本ばかりを出している出版社だ。年四回不定期に送られてくる「季刊文科」も、純文学に賭けた編集者の気概が伝わってくるような内容で、たとえば今月号（二十九号）には、三浦朱門、三好京三、辻井喬といった本格派の好編がズラリと並び、たしか先月号の巻頭対談には瀬戸内寂聴さんも登場していた。私はそんな執筆陣の充実に加えて、編集委員のお一人に親しい秋山駿さんの名前があったので、何年か前から定期購読者にさせてもらっているのである。

「季刊文科」の発行元は鳥影社で四社目だそうで、私が購読しはじめた頃は長野県佐久市にある邑《ゆう》書林という出版社から発行されていた。次が俳句集で有名な東京の北溟社、そして現在の鳥影社へとバトンタッチされ、途中で何ども休刊、廃刊の危機に見舞われながらも、そのたびに担当者の「文学の灯を消すまじ」「日本語文化の砦を崩すまじ」という熱意にささえられて存続されてきた経緯をもつ。それだけに、一人でも多くの文学ファンにこの「季刊文科」を、と願っているのは私だけではないだろう。

因みに、二番目の発行元だった邑書林からは、お世話になっている「北米毎日」社長の野本一平さんの好エッセイ集『箸とフォークの間』が出版されているので、ご当地でもご存知の方がおられるかもしれない。

（信濃絵ごよみ338）

常楽寺（一）

以前「紅葉鬼女伝説」が伝わる寺として紹介した比叡山別格本山常楽寺は、私の美術館のすぐ近くにある寺歴千二百年にもおよぶ古刹である。かってはこの常楽寺の他に、国宝三重塔で知られる安楽寺、北向観音の参道わきにあった長楽寺が別所三楽寺として栄えていたが、長楽寺が十七世紀末に廃寺となってからは、常楽寺と安楽寺だけが別所の二大名刹とうたわれている。

昨年十月、常楽寺の境内に「仏教を通じて平和を希《ねが》う」という文字を刻んだ碑が建立された。これは、長く原水爆禁止運動の先頭に立ち、平和活動に寄与された先代住職の半田孝海氏と、インドの詩人タゴールの招きでタゴール大学の日本画教授をつとめた画家荒井寛方氏（常楽寺に「紅葉狩絵巻」を奉納した画家）との友情にあふれた交流を讃えた記念碑で、設立者は現在の常楽寺当主、比叡山探題大僧正であり「寛方・タゴール会」の会長でもある半田孝淳氏である。孝淳氏もまた、先代の志をついで「世界平和」の希求を仏教の第一の目的にかかげ、最近は京都五箇堂門跡の一つ曼珠院門跡の門主にも就任されたという高僧である。

その碑が建立される少し前、画家荒井寛方のご遺族である荒井みな子さんが座長をつとめる朗読劇団「八月座」が、私の書いた『無言館を訪ねて』を常楽寺で朗読させてほしいといってきたのでびっくりした。荒井さんは栃木県氏家町にある寛方の居宅を町に寄附して「寛方・タゴール平和公園」を設立した功労者のお一人で、何年か前に東京高齢者協会のメンバーとともに「八月座」を結成されている。もちろん私は自著の朗読を快諾、残念ながら当日はうかがえなかったのだが、朗読に先立って半田孝淳住職自らが読経して下さったときいて感激した。

私の本を自慢しているのではなく、同じ塩田平にある「平和」のシンボル常楽寺の境内に、亡き戦没画学生をしのぶ荒井さんたちの朗読がひびきわたったことに感激したのである。

（信濃絵ごよみ339）

常楽寺（二）

塩田平にある美術館は、私の営む「信濃デッサン館」と「無言館」の二つしかないと思っている人が多いが、じつは常楽寺にも「常楽寺美術館」がある。常楽寺に古くから秘蔵される日本古来の瓦、由緒ある仏像、それに先述の荒井寛方が描いた「紅葉狩絵巻」や「アジャンタ壁画の模写」、その他著名な画家たちの日本画、洋画などをあつめた小美術館で、たしか私の「信濃デッサン館」ができる九年ほど前の昭和四十五年秋に開館したときいている。

じつは私は、この土地に念願の美術館を建てるにあたって、一番最初に見学に訪れたのがこの「常楽寺美術館」だった。そして、何といってもそこに収集されている「瓦」のコレクションの見事さに魅了されてしまった。荒井寛方の絵やその他の仏像、仏画にも惹かれたが、それ以上に全国各地から収集してきたという各種各様、古くは室町・鎌倉時代からつたわる「瓦」の面白さに取りつかれてしまったのである。

しかし、その後しばらくして、なぜか美術館に「瓦」は展示されなくなってしまい、陳列品のほとんどは常楽寺の縁起にまつわる書画などに限定されてしまったので、何となく不信心者の私の足は遠のくことになった。「常楽寺美術館」ファンの一人としては、ぜひまたあの「瓦」のコレクションを復活展示してほしいと希《ねが》いつつ、今日にいたっているのだが。

それはそれとして、常楽寺にはこの美術館の他にも、重要文化財に指定されている鎌倉時代の「石造多宝塔」や、めったにないという石造の「五輪塔」「多重塔」などが安置されていて、なかなか見どころが多い。そこに昨秋、常楽寺先代半田孝海氏、画家荒井寛方氏が共有した「平和の希い」を刻んだ碑が孝淳現住職の手で建立されたわけだから、常楽寺がたんに歴史のある古いお寺というだけではなく、今も現役バリバリ活躍中の名刹であることはわかってもらえるだろう。

（信濃絵ごよみ340）

難病

世に「難病」とよばれる病は多い。じつは私もその「難病」の一つ、乾癬という厄介な皮フ病に悩まされてもう十年近くになる。

乾癬とは、スネやヒジ、関節の附近、頭皮などが朱く腫れ、やがて白い鱗状のカサブタになってはがれてくるという皮フ病で、人には感染しないが、とにかく死ぬほど痒くてツライ病なのだ。原因はストレスや疲労、不規則な食生活からくるといわれていて、主に私ら老高年層の男性がかかる不治の成人病らしいのである。

不治の病といわれているくらいだから、当然病院に行ってもダメで、お医者さんは患部を一目みただけで「こりゃ乾癬ですね」と冷たく一言、一向に効きめのない軟膏か飲み薬を出してくれるだけだ。私もこの十年間、漢方薬、入浴剤、塗布薬と、色々試してみたのだけれど、どれ一つとして効果はない。ものの本によると、何でも北海道稚内の近くにあるT温泉が乾癬によく効く温泉だそうなので、今度そこに行ってみようかと思っているのだが。

それはそうと、この乾癬に悩む患者さんは全国に数十万人もいるそうで、東京、大阪、北海道各地には「乾癬の会」という同好会（？）まで結成されているときく。「難病」ゆえに会員間の結束力はつよく、同じ病とたたかう者同士が互いに励まし合い、和気アイアイのお付き合いをしているというのである。なかには乾癬歴何十年というベテラン患者さん（！）もいて、お互いに共通の「難病」の悩みを語り合ううちに、ひそかにロマンスが芽ばえちゃった男女までいるというのだけれど、本当かしらん。

そういえば、昨年亡くなった父親の水上勉も「乾癬」に悩んでいて、原稿を書きながら、一日中ボリボリ掻いていたのを思い出す。父自身はあまりこの病について話してくれることはなかったが、いやはや「難病」も遺伝するんだろうか。

（信濃絵ごよみ341）

粗食好き

私はどちらかといえば「粗食好き」のほうだ。オカズが何品も並んでいるゼイタクな食卓よりも、一汁一菜の粗末な食卓のほうを好む。

そこには我々の世代が、戦後の食糧難の時代に育ったという背景もあるのだろう。終戦直後の食べるものも食べられない飢餓時代を経験した私らの世代は、心のどこかにゼイタクに対する拒否反応があるのかもしれない。ゴハンばかり食べて、なかなかオカズがへらないというのも、私たち戦前戦中派の食事の特徴なのである。

私は現在、山の美術館で一人暮ししているが、たまにオカズがなくて生タマゴ一つで食事するときなど、何となくウキウキしてしまう。生タマゴの他に焼ノリが一枚加わったりすれば、もうそれだけでじゅうぶんご馳走になるのだ。大げさにいえば、ああ自分は幸せだな、今日も一日生きたな、という満足感を得られるのである。

焼ノリで思い出すのは、幼い頃、親子三人で一枚のノリをわけあって食べた朝ゴハンのこと。母はきまって私のゴハンの上で焼ノリを折ってくれた。白いゴハンにノリの粉がパラパラ落ちて、それに醤油をかけると半膳よけいに食べられた。貧しかった靴修理職人夫婦が、せめても子どもにだけは一膳でも多くのゴハンを、とそそいでくれた愛情だったのだろう。焼ノリと醤油の香りをかぐたびに、貧乏ではあったが、今の何倍もあたたかかったあの時代の食卓風景がうかんでくるのである。

それにしてもこのあいだ、新聞の広告で「粗食のレシピ」という書名をみたときにはびっくりした。どんな内容か知らないけれど、粗食にも料理法やマニュアルがあるのかとあきれた。今や我々現代人は、ゼイタクを追放するのにも、手びき書を読まなければならない時代にきているのかと思うとやりきれない。

（信濃絵ごよみ342）

図書券

何かのお礼にお金を貰うのはうれしいが、お金の代わりに図書券を貰うのもうれしい。最近ではお葬式の弔問のお礼や入学祝い、誕生祝いなどにも図書券が使われることが多くなったようだ。

私も物書きの端くれとして、近年の活字離れ、本離れを由々しく思っている一人なので、この図書券の普及を大変よろこばしく思う。私自身も、貰った図書券で以前から欲しかった少し高価な本を買ったり、旅先の書店で自分の本を買って相手先にプレゼントしたりすることがある。お金だと「本を買う」という決心がつかないときがあるのだが、図書券は「本を買う」ためにしか使えない券なので、ふだんはめったに書店などに足を運ばない若い人たちにも、本を買ってもらえるというメリットがあるのではなかろうか。

ただ、同じような券でも図書券と図書カードとでは微妙にちがう。

どこがちがうかというと、図書券はれっきとした「金券」であって、もしお釣りがある場合は現金で受けとれる。千円の図書券で八百円の本を買えば、二百円は現金で返ってくるのである。しかし、図書カードだとそうはいかない。図書カードはいわゆるテレフォンカードと同じで、使った点数分だけカードに穴があけられ、そのパンチの位置で残額がわかるようになっている。次に本を買うときには、その残りの分の点数に新たなカードか現金を足して本を買わなければならないのである。

私は貰った図書券で本を買ったあと、そのお釣りで書店近くの喫茶店でお茶を飲んだり軽食を摂ったりして帰ってくるので、図書カードより断然図書券の愛用者である。そういう使い方をすると、図書券は本プラスお食事代というきわめてお得なサービス券にもなる。まったく本しか買えない図書カードよりも、何かと融通のきく図書券のほうを愛する所以なのである。

（信濃絵ごよみ343）

受賞拒否

最近、大リーグのイチロー選手が国民栄誉賞の受賞を拒否したという話をきいて気分がよかった。また、作家の吉村昭さんが司馬遼太郎賞を辞退、その理由は「自分は司馬さんの本を一冊も読んでいないので賞を貰う資格がない」というものだったそうで、私の知るある編集者は、「そんなことをいったら近頃の芥川賞作家で芥川龍之介を読んでる人なんていないんじゃないかな」なんていっていた。

私たち駆け出しには縁のない話だが、これまでにも賞を辞退した作家、画家たちは数多い。かって大岡昇平先生が芸術院会員への推挙を「戦争捕虜を体験した自分には不適当」と辞退した話は有名だし、古くは日本画家小杉放庵が「まだその域に達していない」といって文化勲章を固辞したという話もあった。自分の仕事に自信をもっている表現者たちには、お仕着せの「勲章」とか「賞」とかが、いかに不必要で煩わしいものであるかという証左なのだろう。

画家の野見山暁治さんからきいた話は面白かった。何でも野見山さんは、義弟にあたる作家の田中小実昌さんと彫刻家の堀内正和さんの三人で、何年か前に「文化勲章を断る会」というのをつくったのだそうだ。自分たちは国家から文化勲章授与の打診があっても、断固それを断ろうではないかという誓いを三人でたてたのである。ところが、何年経っても一向に三人に勲章をあげようなんて話はやってこず、けっきょくその会はいつのまにか解散してしまったというのだからおかしかった。

もちろん現在、野見山さんは現役バリバリの文化功労者、故人となった田中小実昌さん、堀内正和さんも数多くの賞を受賞されている人たちだから、どうやら三人は「文化勲章」だけがキライだったということになる。この話をきいても、どうも「文化勲章」というのは芸術家たちから敬遠されがちな賞らしいのである。

（信濃絵ごよみ344）

天然と養殖（一）

お寿司のネタに「天然モノ」と「養殖モノ」があるように、画家にも「天然派」と「養殖派」があるようだ。つまり、生まれながらに画家だった人と、生まれてから画家になった人である。

私の感覚でいうと、「無言館」建設でお世話になった野見山暁治さんなんかは典型的な「天然派」の画家だろう。野見山さん自身がいっているように、好きだから絵を描きはじめ、それが今もつづいているだけのことで、一体いつ自分が「画家」になったのかわからないそうなのだ。なるほど野見山さんの画歴をみると、野見山さんはこれまで絵を描くこと以外の仕事をしたことがない。東京美術学校（現・東京芸大）を出たあと出征し、戦地から帰って自由美術協会に所属、やがてフランスに留学しパリ滞在中に安井賞を受賞して、帰国後は無所属画家として活動をつづけ現在に至っている。野見山さんの本の題名を借りれば、文字通りその人生は絵を描くためにだけあった「一本の線」であるということができるだろう。

それでは「養殖派」の画家といったらだれになるのかと考えると、こちらのほうはゴマンといるようだ。

美大で絵を描く技術を学び、その技術を生かして時代や社会のもとめる作品を生産してゆく、いわば「絵画製造屋」とよんでいい画家の一群がそれである。こういう「養殖派」の画家たちは、数ある職業のなかで「画家」をえらび、「画家」になるための職業訓練をうけた人たちである。もっというなら、社会に「画家」という職業があったから絵を学んだのであって、もしこの世に絵を描いて生活するという職業がなかったら、きっとかれらは他の職業をえらんだにちがいないともいえるのだ。

そう、どうやら画家の「天然派」と「養殖派」は、絵を描くことを職業と考えるかどうかが境界線のように思われるのだが、どうだろうか。

（信濃絵ごよみ345）

天然と養殖（二）

それでは私自身は「天然派」か「養殖派」かというと、まちがいなく「養殖派」である。

私は何ゴトにおいても、今まで「それで食べてゆけるか」が中心の人生だった。高校卒業後、しばらく服地店の店員をやっていたが、やがて自宅を改造して小酒場を開業、そこで稼いだ小金をモトに画商に転向し、何年後かには好きであつめた夭折画家の私設美術館までつくってしまったという経歴は、どうみても「養殖」そのものだった。ちょうど高度経済成長期が重なったという条件もあったのだが、それは明らかに時代や社会の動きに便乗した巧みな「世渡り」だったようにも思う。もっと正確にいうなら、私の人生は「時代に育てられた」、あるいは「時代から生まれた」人生だったとさえいっていいのかもしれないのである。

ただ、少々負け惜しみめくけれど、私のような「養殖派」が「天然派」よりいつも劣っているというわけではない。お寿司のネタもそうだが、ときとして「天然モノ」にちっともヒケをとらない上等な「養殖モノ」もあるのである。

いつだったか、人間の日常生活や動物の生態を描いて有名な画家相笠昌義さんと話をしていたら、相笠さんの家系には相笠さんをふくめて三人の画家志望の人がいて、一人は結婚を機に筆を折り、一人は芸大を優秀な成績で出たが二十七歳で夭折、けっきょく一人のこったのが相笠さんだったというのだ。「せめて自分くらい画家にならなきゃ先祖に申し訳ないと思いましてねぇ」と相笠さんはいっていたが、私にはそんな相笠さんが極上の「養殖派」にみえた。相笠さんは「やっぱり売れる絵が描けるとうれしいですよ」といい、「賞をとると画料が上がるんで女房が安心するんです」とわらう、ごく自然体の画家なのである。

このような画家は、きっと天然の「養殖派」なんじゃないかなと思ってきいていたものだった。

（信濃絵ごよみ346）

予定表

私は手帖をもたない主義だけれども、小さな手書きの「予定表」はもっている。人と会う約束や講演の日取り、原稿の締め切り日などを、三ヶ月ぐらいずつの予定表に記入してもっているのである。

なぜ手帖をもたぬのかといえば、手帖だと一年分の日程が書きこめるようになっていて、何となく気が重いからだ。まだ正月があけたばかりだというのに、もうその年の暮れのことを考えなければならないのがイヤだ。手書きの予定表なら、三ヶ月ずつなのでそれほど心の負担にはならない。まあ、三ヶ月ぐらい先なら、何とか今のように健康だろうし、人と会ったり講演したりすることもできるだろうと思うからである。

だいたい、一年も先の約束を「予定表」に書きこむこと自体がナンセンスではなかろうか。健康だけでなく、この世には人災、天災がつきものである。一寸先は闇だ。

一年先に自分が今のままで息災でいられるという保障などない。来年の春に当地で講演をしていただけませんかとか、再来年に当館で展覧会をやらせてもらえませんかなんていわれたって、そう簡単にかしこまりました、とひきうけるわけにはゆかないのである。

それと、予定表が空白だと「ヒマな人間」にみられ、ぎっしり予定がつまっていると「多忙な人間」、すなわち「充実した生活」をおくっている人間にみられるというのも心外である。予定表に書きこまれる日程などというのは、その大半が他人のために書きとめられているのであって、約束の日時をまちがえて相手に失礼をしてはいけないとか、原稿がおくれては出版社に申し訳ないとかいった社会生活上のメモにすぎない。予定表がいつもいっぱいという人は、いかに日頃から社会や世間に拘束され、他人の手によって自らの生活をコントロールされている人であるかということにもなるのである。

私たちの年齢になると、予定表が空白であればあるほど幸せをかんじる人も案外多いのではなかろうか。

（信濃絵ごよみ347）

複眼

以前、何の本でだったか、文化人類学者の山口昌男先生が、私のことを「複眼的に物をみる男」と評してくれたことがあった。「複眼」とはトンボやカニのような節足動物の眼のこと、ぐらいの知識しかなかった私は、最初自分が先生にほめられているのか貶《けな》されているのかわからなかったのだが、のちにそれが「二つ以上の視点から物事をみること」「さまざまな視点から考察すること」の意であることがわかって、ちょっぴり鼻を高くしたものだ。

たしかに私には、「単眼」ではなく「複眼」でモノをみようとする傾向がある。新聞やテレビの評論家がいくら正論を力説しても、私はだいたいかれらの視点とは別のところから問題をみていることが多い。ヒネクレ者といわれてしまえばそれまでだが、世の中の人が「右」の方向にかたむいてゆけば、私はかならず「左」からその問題をみようとするし、正論を吐く人物が社会的に地位のある人だったり、権力をもつ人であったりすれば、その傾向は尚更である。私の場合のそれは、もはや判官ビイキを通りこして、強い者叩きとでもいっていいほどの「偏重」ぶりをしめすのである。

　そう考えると、山口先生がほめてくれた私の「複眼的に物をみる」姿勢も、気をつけないと「物を素直にみる」「まっすぐに受け取る」姿勢をうしなわせる陥穽になるともいえるだろう。物事を「複眼」でみるあまり、「単眼」でみる物事の良し悪しがないがしろにされてしまってはモトも子もない。たしかに辞書でひくと、「複眼」は「多くの個眼（単眼）が束状に集まったもの」ともしるされているのである。

　ムツカシイ話になったが、要するに人間は「複眼」も「単眼」も必要な生きものだということ。大切なのは、人間の指先の回転に惑わされて眼を回してしまうトンボのような「複眼」になってはいけない、という戒めなのである。


（信濃絵ごよみ348）

地方紙

長野県の代表的な新聞といえば信濃毎日新聞である。東京圏を中心とする大手新聞社からみれば、わが「信毎《しんまい》」は地方紙ということになる。

もちろん長野県民の私は、ふだんから「信毎」を愛読しているのだが、たまには中央紙の「朝日新聞」や「毎日新聞」や「読売新聞」にも目を通す。それは私が東京にいた頃、中央紙に馴れ親しんでいたからでもあるが、やはり地方紙では扱わない全国的、国際的な記事が多いからである。地方紙の「全国版」には、共同通信社から配信された記事が多いのだが、「朝」「毎」「読」など中央紙は各自の取材網を駆使したニュースで紙面を埋めているのである。

ただ難点は、長野県内で手に入る中央紙は、どうしてもニュースが一日遅れになってしまうこと。じっさい夕方近くに起った突発的事件などは、東京の紙面には間に合っても長野の紙面には間に合わない。むしろ共同通信社が取材した記事をのせている地方紙のほうが、中央紙より早いのである。

また、即時性がもとめられるニュース以外の、たとえば文化だとか芸能だとかいった分野の記事は、地方の中央紙のほうに一足早くのることが多い。所用で長野から東京へ出かけたときなど、長野駅で買った新聞の内容が東京駅で買ったのとまったく同じ、なんてことだって再三あるのだ。

そんなわけで、最近私はほとんど「信毎」ばかりを読んでいるのだが、それには私自身の信州生活が長くなったことと、仕事柄何かにつけて地元の新聞にはお世話になっていることなどが理由になっているように思う。またそれ以上に、やはり地方紙のほうが地域の住民の目線に立った記事をのせているし、日々の生活に根ざした情報を提供してくれているような気がするからである。

しかし、よくよく考えれば東京だって日本の一地方だし、大手新聞の「朝」「毎」「読」だって地方紙の一つといっていいようにも思うのだが。


（信濃絵ごよみ349）

講演録

貧乏美術館主にとって、今や原稿書き（雑文書き？）と講演は生活に欠かせない収入源なのだが、いつも閉口させられるのが「講演録」というヤツである。

これは講演を終えたあと、主催者側が当日の録音をモトにして「講演録」をつくり、印刷物にして保存、あるいは配布しようとするもので、これほど講演者を悩ませるものはない。何しろ当方にしてみれば、約一時間半から二時間のあいだ、何十人か何百人かの聴衆を相手に必死にしゃべるのである。少なくとも貰って帰る謝礼の分だけでも、聴衆を納得させ主催者を納得させるために、一生懸命にしゃべるのである。他の人はどうか知らぬが、私などはそれだけで精も根もつきはててグッタリしてしまうのだ。

だから、講演が終って何日もした頃になって、突然「先日の講演を文章にしていただけませんか」という通知をうけとったときのショックは大きい。もちろん講演の内容は録音してあるし、ときには主催者のほうで内容を多少整理した文章を送ってくれるのだが、今更それを「手直ししてくれ」といわれても困っちゃうのである。一時間半の講演は、だいたい四百字の原稿用紙で七十枚分くらいあるそうだし、それに手を加えて満足のゆく講演録にするには、ほとんど同じ分量の文章を書くのに匹敵するほどのエネルギーを要するのだから。

それに、だいたい「文章」にならないところに「講演」の面白さがあるのである。とくに私のように、特別な学問も技能もないような人間の講演は、眼の前の聴衆にいかに自分を立派にみせ、秀れた人間にみせるかに窮々としているウソ八百（？）の言葉の羅列なのである。当人としては、受け持ちの時間さえすぎればアトカタもなく消えてゆく言葉であればこそ、人前で堂々と講演などやっていられるのだ。

そんな自分の言葉が「講演録」になって、永久に保存されるだなんて、考えただけでもゾッとする。

（信濃絵ごよみ350）

敗者たち（一）

私は勝者より敗者が好きである。

最近は「勝ち組」とか「負け組」とかいったイヤな言葉が流行っていて、事業で成功して金持ちになった人は「勝ち組」で、失敗した人は「負け組」というのだそうだ。また、結婚相手にめぐまれて玉の輿にのった女性を「勝ち組」とよび、適齢期をすぎてもなかなか良き配偶者を得られない女性を「負け組」とよんだりする。しかし、ヒネクレ者の私はどちらかといえば「負け組」の人、すなわち人生に失敗したり夢を果たせなかったりした「敗者」の人のほうに何倍もの魅力をかんじる。

一例をあげると、圧倒的な強さで他の追従を許さない全盛期のスポーツ選手よりも、体力気力を使い果たして引退を決意したときの選手の顔のほうがずっと人間的な魅力にみちている。たしかに全盛期の選手には、勝利者としての自信や誇りがみなぎっていることは事実なのだが、そこには自分の力の限界を知らない一種の奢りのようなものが垣間みえることがある。「自分ほど強い人間はいない」「自分は世界一」と胸を張っている自信満々の勝者には、「人間なんてしょせん弱い生きもの」「人間はけっして一人では生きられない」といった大切な視点が欠如しがちなのである。

ただ、敗者であればだれでも好きだといっているのではない。

私の好きな敗者は、一口にいえば敗れたことに満足している敗者である。勝つことに全身全霊の努力をかたむけ、その結果、力足りずに敗れ去った自分自身に満足している敗者である。いつまでもクヨクヨと失敗や挫折の原因をあげつらい、後悔し、勝つことのできなかった自分を責めている敗者ほど惨めで醜いものはない。あくまでも「敗者」であることに誇りをもっている人たちに、私は敬意を表するのである。

オリンピック選手団が帰国したときなど、フラッシュをあびる金メダル選手にまじって、晴れやかな表情で最後尾をあるく敗者の姿はこよなく美しい。

（信濃絵ごよみ351）

敗者たち（二）

人生の成功者を「勝ち組」、失敗した人を「負け組」とよぶ今の世の中は、ある意味で人間の生涯を競馬のレースかチェスの勝敗のように誤解しているともいえるのだが、競馬やチェスほど勝者と敗者がはっきり区別されるわけではないということも忘れてはならないだろう。

何ヶ月か前、講演先の札幌で作家の小檜山博さんが披露してくれた話が、今も心にのこっている。

小檜山さんといえば名作『光る女』で泉鏡花文学賞を受賞された北海道出身の著名作家だが、同賞に輝くまではなかなか小説が売れず、一時は文学をあきらめようと思ったこともあるという。

そんな苦節時代、小檜山さんが愛用していた原稿用紙を道内で唯一販売していたのが、札幌市内にあった「N商店」で、小檜山さんは他の店では売っていないその原稿用紙を買うために、何年もN商店に通いつめた。しかし、折からの不況の波をうけて、N商店は経営に行きづまってついに倒産。N商店製の原稿用紙を使って泉鏡花文学賞を受賞し、念願の文壇デビューを果した小檜山さんが、どれだけ落胆し途方に暮れたかは想像に難くない。

ところが、小檜山さんがN商店への感謝をこめたエッセイ「ありがとうN商店」を新聞に書いたことがきっかけとなって、多くの支援者が立ち上がり、こんどN商店が再建されることになったというのだ。「おかげさまで店を再開できるようになりました」と電話口で礼をのべるNさんに、小檜山さんも涙声で「おめでとうございます」とこたえたのだそうだ。

何をいいたいのかといえば、文学賞を受賞して著名作家となった小檜山さんはもちろん「勝ち組」かもしれないが、その小檜山さんに良質な原稿用紙をあたえつづけたN商店もまた、正真正銘の「勝ち組」にちがいないのである。そして、忘れてはならないのは、この世の中がそうした眼にみえない「勝ち組」の人々の手によってささえられているということなのだ。

（信濃絵ごよみ352）

散桜会

長野県上田市郊外の独鈷山《とっこさん》の中腹にある私の美術館の周辺は、四月半ばをすぎてようやく桜が満開になる。市内の公園の桜は四月初めあたりが見ごろなのだが、海抜七百メートル近い私の館の山あいは、例年それより半月ほど遅れて桜の開花期をむかえるのである。

仕事で旅の多い私は、なかなか桜の開花期に美術館にいることができない。運よくその場に居合わせた年には、近所の方々を招いて館の前庭のソメイヨシノの下で盛大に「花見会」を催すのだが、残念ながら今年も同じ時期に地方講演があるので留守にしなければならぬ。「花見会」をたのしみにしている人たちには、「私がいなくても桜は咲くんですから、思いっきり派手にやって下さい」といっているのだが、やはり館のあるじが不在では何となく盛り上がらないらしく、いつもそんな年は館の「花見会」はお流れになってしまうのである。

そこで、思いついたのは「散桜会」という催しである。桜の咲いているときの「花見会」ができないなら、いっそ花が散ったあとの桜の樹の下で一献かたむける、というのをやってもいいんじゃなかろうか。満開の桜の下の「花見会」もいいが、ほとんど花弁ののこっていない樹の下で、逝く春を惜しみつつ盃をかわす「散桜会」もなかなかオツな催しなのではあるまいか。

だいたい桜という花の真価は、満開時にあるのではなく散りぎわにあるという人がいるくらいで、万葉歌人をはじめ近、現代詩人の名句のなかにも「桜の散りぎわ」を詠ったものが多い。人の世の無常や生命の儚さには、咲き誇る満開の桜よりも切なく花弁を散らす桜のほうが数倍似合うのだ。

しかしながら、今のところこの「散桜会」の評判はあんまり芳しくなく、参加希望者はほとんどいない。花の散った桜の樹なんて、風情があるどころか哀れな老木にしかみえやしない、あんな樹の下で酒宴をひらく気にはどうしてもなれない、という人が大多数らしいのである。

やっぱり来年は、講演を断ってでも、「花見会」をひらくしかないかな。

（信濃絵ごよみ354）

禁煙県

長野県は全国でも有数の「禁煙県」である。四年前、大のタバコ嫌いの田中康夫知事が就任していらい、県庁舎はもちろん、公共施設等での喫煙は一切ご法度となった。その徹底ぶりは、おそらく全国でも一、二をあらそう厳しさだろうと思われる。

私もあまりタバコは吸わないほうだが（酒席などで一、二本程度）、それにしても最近は愛煙家はさぞ肩身がせまいだろうなと同情しているところだ。とくに文化会館とか文化ホールとかいった施設には、芸術や芸能の関係者の出入りが多かろうし、そうした人たちは圧倒的に喫煙派だろう。私の知人をみても、タバコを吸わない演奏家や落語家をさがすのに苦労するくらいで、本番前の緊張やコンディションをかれらは一服のタバコによってコントロールしているのである。そのタバコを取りあげられちゃったら、肝心の本番での出来、不出来にも影響してくるんじゃなかろうか。

昔、評論の神様といわれた小林秀雄が、医者からタバコを止められたとたん原稿が書けなくなったという話をきいたことがある。小林秀雄は、書き終えた原稿を推敲するときにかならず一服つけ、その紫煙をくゆらすあいだに新しい発想や言葉を思いつくのが常だったらしいのである。代りに口に入れている禁煙ガムやアメ玉では、とてもその代役はつとまらないと、何かの随筆に書いていたのを読んだことがある。私も原稿を書いているときには、何かの拍子に一本ぐらい火を点けていることがあるので、その気持ちはよくわかるのである。

といって、田中知事の「健康を害し周辺に迷惑をかける喫煙は最大限我慢を」の精神をすべて否定するといっているのではない。せめて文化的（嗜好的）な音楽ホールや劇場などでは、もう少し「分煙場」などの工夫があってもいいんじゃないかと、提案したいだけなのである。

第五代将軍徳川綱吉の「生類憐れみの令」じゃあないんだから、田中知事、もうちょっとお手やわらかに。

（信濃絵ごよみ355）

衣がえ

六月の声をきくと愈々「衣がえ」の季節である。女性の姿がいっせいに白いブラウスになったり、中高生の制服が夏向きになったりする光景は、もはや日本の風物詩の一つといってもいいだろう。

ただ、私の住む信州は都会の気候とだいぶちがうので、はっきりした「衣がえ」の時期がつかみにくい。一口に同じ信州といっても、東西南北ではまるで三寒四温のリズムが異なるので、東信にあたるわが上田ではコートを着ているというのに、南信の伊那、飯田地方ではとっくに白いTシャツ一枚といったことだってある。都会のように、ツルの一声で六月一日から「さぁ衣がえ」というわけにはゆかない。

だいいち、今やかっての「衣がえ」という習慣はとうに形骸化されちゃっているという見方もある。

じっさい平安時代の公家さんなんかは、四月に薄衣、五月に捻り襲《がさね》、六月に単襲《ひとがさね》、八月一日から十五日まではふたたび捻り襲をまとい、同十六日から九月八日までは生織の衣、九日からは生織の衣の綿入れ、そして十月から三月までは練絹《ねりぎぬ》の綿入れ、といったふうに、それこそ一日刻みで「衣がえ」をしていたのだが、江戸時代になってからは四月一日、十月一日の二段階で春夏の衣服をかえるようになった。つまり、夏の季語にもなっている「衣がえ」の習慣は、時代をへるにつれてしだいに簡略化、いや個人まかせ化してきているともいえるのである。

そりゃそうだろう。今では真冬でもノースリーブやミニスカートの女の子が町中にあふれているし、真夏というのにソフト帽に黒スーツなんてファッションの男性も少なくない。おまけに世界中で温暖化がすすみ、どこもかしこも異常気象に見舞われている昨今なのである。

今や我々人類は「衣がえ」どころか、自分たちの住む「地球がえ」のほうを考えねばならない時代をむかえているといったほうがいいのだ。

（信濃絵ごよみ356）

碑めぐり（一）

私の「無言館」の庭には戦没画学生の名をきざんだ慰霊碑（「記憶のパレット」と命名）が設けられているが、館の周りには他にも歴史のある碑がいくつもある。

たとえば私の館から少し東に行った田中宿の薬師堂には、「流死人百五十年忌供養塔」と彫られた自然石の碑がある。これは寛保二（一七四二）年八月一日、千曲川の支流にあたる加賀川（現在の神川《かんがわ》）が氾濫して金井村（東御市《とうみし》）を押し流し、ついで田中宿、加沢にも土石流がおそって、人口約三百人の半数近くが亡くなったときの犠牲者を悼み、地元の有志たちが明治二十四年に建立したものである。そして、その隣には昭和十六年に建立された「戌年田中流死者二百年供養塔」、その隣には平成三年に新たにつくられた「戌の満水塔」が建っている。つまりこの薬師堂には、二百余年前におこった水害の犠牲者の霊を慰めるべく、何と新旧三体もの慰霊碑が建立されているのである。

この「戌の満水」による犠牲者を供養する碑は、田中宿からさほど離れていない海野宿の白鳥神社にもある。加賀川の増水、決潰による被害は、前述の田中宿にとどまらず、ちょうど二つの宿場をむすぶ北国街道が流水路となって、海野宿の白鳥神社にも土石流が直撃したのである。この災害後、神社と町を千曲川から守るための「白鳥堤防」が築造されたが、明治四十五（一九一二）年八月の千曲川増水によって、その堤防も破壊されてしまう。同年十二月から復旧工事がはじまったが、翌年の大降雨によって工事の仮締切がすべて流出するという災害に見舞われたというから、よくよくこの地域は自然に翻弄される運命にあったのだろう。

しかし、その堤防建設の苦難を伝えるべく、現在の神社入り口に「白鳥堤防復築記念碑」というのが建っているのをみると、ここの住民たちは災害のたびに「碑」をつくることに専念しているみたいで、何だか愉快なのである。

（信濃絵ごよみ357）

碑めぐり（二）

石碑は、何も慰霊碑ばかりとはかぎらない。美術館から北東に五、六キロ行った諏訪形にある「水神宮祠」のように、川魚の安全と豊漁を祈願して建立されたいわゆる神仏的な役割をもつ碑もある。

千曲川は遠く信濃川に流入する「母なる川」とよばれる清流だが、この上田の流域で獲れる川魚は豊富である。一年を通して漁が可能で、春先にはウグイの付け場漁、夏には鮎漁、秋には落ち鮎漁等々、この地域独特の漁法による漁が行われている。ことに上田橋上流の千曲川左岸にある諏訪形地区には、昔から川魚で生計をたてている専業漁師、付け場料理で客をもてなす漁師兼川魚料理人が何人も住んでいたという。

諏訪形堤防のそばにある水神宮は、かってこの地でも指折りの腕きき漁師だった中島精一、石川孝利の二人が、昭和二（一九二七）年に小上漁業会に働きかけて建設したものだという。当時の漁業会は会員五〇一名ほど、依田川《よだがわ》、鹿曲川《かくまがわ》、神川《かんがわ》、浦野川《うらのがわ》一帯の漁業権を守り、魚の保護、養殖および放流、不正漁者の取り締りなど多岐にわたる業務をこなしていた。その既得権益追求を主たる目的とする組合が、中島、石川両人の熱意におされて「水神宮祠」の建立に立ちあがったのである。今でも毎夏、鮎漁が解禁される二、三週間前の日曜日には、有志の手で水神周辺の清掃が行われ、漁の安全祈願を祈る「水神宮の祭り」が営まれるそうだ。

この他にも、上田市御所《ごしょ》にある水難防止の守護神「天御中主神《あまのみなかぬしのかみ》」などは、地域住民の息災を祈る神仏代わりの石碑であるといえるだろう。ここにある二つの石祠は、一つが天保十（一八四〇）年、一つが明治十六（一八八三）年の建立。石祠建造の主旨は、洪水の被害を少しでも小さくするためにあったが、同時に「母なる川」千曲川から獲れる川魚の供養、そうした清流の幸を得られることへの感謝の思いが、水天宮の片隅にひっそりと息づく二つの小さな石祠をつくらせたのだった。

（信濃絵ごよみ358）

山菜取り

六、七月は山菜取りの季節、山歩きのたのしみが二倍にも三倍にもなる季節である。

私の美術館は上田市郊外の海抜七百メートルほどの山あいにあるので、周辺の里山は山菜の宝庫といってもいいだろう。毎年今頃になると、新緑あざやかな山のあちこちから、タラノメ、コシアブラといった山の幸が次々と顔を出し、夕飯の天プラやあえものにしたらと想像しただけでツバが出てくる。タラノメは天プラにして塩をまぶせば抜群だし、コシアブラはゆでてゴマミソとあえただけで、何杯もご飯がお替わりできる絶品のオカズになるので、私たち住民の人気度は高いのである。

ただ、山菜取りで注意しなければならないのは、うかつに毒のある山野草を摘んだりしたら大変、それこそ命にかかわるということだ。キノコにも毒キノコとそうでないのとがあるけれど、山菜にも要注意のものがたくさんある。いくら外見が食欲をそそる山野草であっても、それなりの知識がないと、とんでもない毒入り山菜を口にしてしまう危険をはらんでいるのである。

先日の地元紙には、有毒の野草バイケイソウを食べた男性が食中毒になり、やはり有毒なコバイケイソウを食べた女性が死亡したという記事が出ていた。私もそういう知識はゼロなのだが、バイケイソウ、コバイケイソウは、オオバキボウシという山菜と姿かたちがそっくりなので、相当山菜取りに熟練している人でもうっかり摘んでしまうことがあるらしいのだ。オオバキボウシは、美術館の裏の前山寺の奥さんが一ど天プラにして持ってきて下さったことがあって、私はそのコクのある味の大ファン、何だか亡くなった人には同情を禁じ得なかった。

新聞には「知らない」「食べたことがない」山野草には絶対手を出さないように、と書かれてあったが、たしかにそれが山菜取りの基本の第一だろうな、とあらためて思ったものだ。

（信濃絵ごよみ359）

木彫の町

わが信州上田は木彫の町ともいわれ、町のあちこちに「工芸店」とか「木彫店」とかいった看板が下がっている。

周知の通り、上田に木彫文化をもたらしたのは画家山本鼎《かなえ》で、フランス留学からの帰途、ロシアで地元民の作る木片人形をみていたく感激、帰国後、父一郎の住む上田の農民たちに木彫の技術を教えたのがはじまりだった。私がコレクションする大正期の夭折画家村山槐多《かいた》と鼎は十四歳ちがいの従兄弟で、槐多はこの叔父鼎を慕って十七歳で上田に出てくる。鼎が上田の近くの神川村に「農民美術研究所」をつくったとき、永瀬義郎や山崎省三らとともに講師に招かれたのは槐多の弟の桂次だった。つまり、木都上田とよばれる上田の木彫産業の源流には、この鼎、槐多、桂次たち若き芸術家集団の初々しい開拓者魂があったといっていいのである。

ただ、現在の上田市内にある「工芸店」や「木彫店」が、どれだけ鼎たちが提唱した「農民の素朴な感性による木工芸術」という精神を継承しているかというと、少々疑問がわく。工芸店といっても、大半は文箱やシュガーポット、壁飾りといった旅行者相手の土産物の販売に精を出している商店舗ばかりで、そこに鼎がもとめていた「農民美術」の理想を見出すことはむつかしい。先年他界された当地出身の美術評論家で、山本鼎研究の一人者だった小崎軍司さんが、つねづね「もっともっとこの地に根ざした若い独創的な木彫家が出てきてくれるといいんだが」と嘆いていたのが思い出される。

山本鼎は「農民美術運動」をおこすいっぽう、子供たちに自由な絵を描かせる「自由画運動」をおこしたことでも有名だが、大正八年、「自由画」の初めての展覧会をひらいた神川小学校の顕彰碑には、画家中川一政の直筆になる鼎の言葉、「自分が直接感動したものが尊い。そこから種々の仕事が生まれてくるものでなければならない」という文字が力強く彫られている。

（信濃絵ごよみ360）

コラボレーション

こういうのを「コラボレーション」というのだそうだが、最近、私の講演とヴァイオリニスト天満敦子さんの演奏という催しが度々ひらかれる。もう何年も前になるけれど、群馬県のある新聞社が私と天満さんが親しいことを知って、ぜひ「クボシマさんのお話と天満さんのヴァイオリンの夕べ」を開催したいといってきたのが最初だったような気がする。

もちろん私は喜んでひきうけたのだが、考えてみれば、天満敦子さんといえば今やクラシック界では人気ナンバーワンの国際的ソリスト、それにくらべて私はほとんど無名といってもいい一地方美術館のあるじだから、会場につめかけた人の大半は天満さんの演奏がお目当てだった。とにかく私が話しているあいだは、居眠りする人、アクビする人、腕時計をみる人、それが天満さんが登場するといかにも待ちかねたといった顔で、拍手をおくるのだからイヤになってしまった。もう金輪際、天満さんといっしょの講演なんかひきうけるもんかと思ったものだ。

ところが、その後何どか同じような講演会プラス演奏会に招かれるうちに、だんだん私のほうが病みつきになってしまった。

というのは、この「コラボレーション」はどうみても私がトクすることばかりだからである。まず第一に、天満さんの人気でどこの会場もすぐ一杯になるし、私にとってはふだん話をきいてもらうことのない人たちに絵の話、美術の話をするわけだからひどく新鮮なのである。何かの拍子に天満さんのファンと思われる妙齢のご婦人から「絵にも興味がわきました」だとか「今度信州の美術館にもうかがいます」だとかいわれれば（実際に婦人は後日美術館にきて下さった）、もうそれだけで宣伝効果じゅうぶんなのだ。おまけに自分の受けもちの講演を終えたあとは、会場の隅にゆったりすわって天満さんのシャコンヌやバラードをぞんぶんに味わえるのだから、こんなにいいことはない。

しかし、超過密のスケジュールをぬって私の講演につきあわされる天満さんは、とんだ災難だろうな。


（信濃絵ごよみ361）

ファンレター

私などにも時々ファンレターがとどく。「私、あなたのファンです」なんていう手紙がとどくのである。

「私、あなたの」なんて書いたけれども、残念ながら差出人の大半は五、六十歳の中高年男女である。どちらかというと女性のほうが高齢で、なかには八十歳代後半という方から手紙をもらったこともある。上品な和箋に見事な筆文字で「このような老女からの不躾な便りお許し下さい」と書き出された文面の末尾に、いかにも恥じらうかのように「私も今年米寿をむかえました」とあったときには、その艶やかな内容をあわてて読み返したほどだった。

その点、時々（ホントに時々だが）、二、三十代の娘さんからもらう手紙のほとんどは「横書き」である。もはや「横書き」人口のほうが多い時代だそうだから、若い人が慣れぬ「縦書き」で苦労する必要などないと思っているのだが、さすがに漫画チックな丸文字のあいだに、ピンク色の♡マークが入っている手紙をうけとったときには面喰らってしまった。それでも「あなたの美術館に行きたーい」「がんばってェー」と書いてあったのはうれしかったけど。

自分の年齢を考えれば、やっぱり私への「ファンレター」はご年配の方々から、というのが自然なのだろう。いやむしろ、そうした八十歳、九十歳といった人たちが、どこかで自分の仕事を見守ってくれていると考えただけで、何となく身体の芯にポッと灯がともった気がする。相手が人生の大先輩であるだけに、手紙に記された一言一言が何倍もの説得力をもって迫ってきて、よしがんばらねば、しっかりしなければ、といった気持ちにさせてくれるのである。

しかしながら、申し訳ないのは、そうした人たち全部にお返事を差し上げることができないことだ。仕事に追われて、といえばきこえがいいが、要するに「ファンレター」の主より若いはずの私のほうに、そのファイトがないだけの話なのだが。

（信濃絵ごよみ362）

熱狂

先日の新聞で作家の城山三郎さんが「熱狂は大キライ」と語られていたのを読んだ。戦前の軍国主義や言論誘導の怖さをイヤというほど経験された城山さんは、どうも大勢の人々が徒党をなして一方向にすすむという現象になじめない、というのである。

若輩の私にも同じ感覚がある。

私は城山さんより一回り以上若いけれども、あの高度経済成長の「熱狂」を味わった世代でもあった。敗戦から立ち上がった日本が、やみくもに経済発展の道をつきすすんだ昭和三十年代後半に私たちは青春をすごした。今では信じられないだろうが、白黒テレビの画面に美しい自然林をなぎ倒して走るブルドウザーの姿が大写しになり、そこに「明日の日本」という大きな文字がおどっていたものだ。東京オリンピックが招聘された年には、路上生活者の家がムリヤリ撤去され、世の中に「貧しき者は人にあらず」といった風潮が蔓延しはじめていた。だれも（もちろん私も）が、そうした状況を少しもおかしいとは思わず、ただただ自国の「繁栄」に熱狂的な拍手をおくっていたのだ。

それとこれとは別だろうといわれるかもしれないけれど、今や全国的な草の根運動になりつつある「憲法九条の会」や「教育基本法改正反対」などの活動にも「熱狂」は禁物だと思う。いや、日本という国が二どと戦争という過ちをくりかえさないためにも、今ある平和の尊さを守り通してゆくためにも、不戦非戦を誓う「憲法九条」の存在は大切なのだが、それは個々の国民が抱く平和希求への静かな「情熱」によってささえられるべき運動だろう。私も最近、全国組織として立ち上げられた「憲法九条美術の会」の発起人に名を連ねさせてもらっているのだが、その運動に共鳴すればするほど、徒らな「熱狂」には要注意、個々の「情熱」を大切に、といいたいのである。

サッカーのサポーターの熱狂もけっこう、ヨン様ファンの熱狂もけっこう、でも平和運動だけはつかのまの熱狂であってほしくない。

（信濃絵ごよみ363）

情熱

どんな平和運動も個々の人間がもつ「情熱」が基本にならなければならないといったが、そもそも「情熱」と「熱狂」とは対極のところにあるものだろう。「情熱」は個に生じ、「熱狂」は群れなければ生じない。そのことをしみじみと感じるのは、私が営む「無言館」にならんでいる戦没画学生たちの遺作の前に立ったときだ。

知っての通り、わが「無言館」には先の太平洋戦争や日中戦争で戦死した画学生たちが、出征直前まで描いていた油絵や水彩画、あるいは戦場に赴いてから寸暇を惜しんで描いていたスケッチなどが展示されているのだが、そのどれもが何ともいえない静けさにつつまれていることに気付かされる。応召するギリギリまで絵筆をにぎりつづけ、ある若者は愛する妻や恋人を、ある若者は敬愛する父や母を、そしてある若者は幼い頃、友と遊んだ故郷の山河を描いて戦地に発った。そのどの作品もが、まるで水の底のような静寂をたたえていることにあらためて胸をうたれるのである。

考えてみれば、城山三郎さんがいうように、画学生たちが生きたあの時代は文字通り「熱狂」のルツボにあった。国民総動員令の掛け声のモト、大本営発表の戦意昂揚策に人々はおどらされ、日の丸の小旗をふり天皇陛下万歳を叫びながら兵士を送り出していた。そんな軍靴と歓声の渦まく「熱狂」のただ中にあって、画学生たちがのこした絵が、これほどまでに至純な静けさにつつまれているのはなぜなのだろうか。

それはたぶん、かれらがいかに「絵を描くこと」に対してひたむきであったか、いかに真っすぐにそのことだけをみつめて生きていたかの表れであるような気がする。あの慌しい戦時下にあって、どれだけかれらが「絵を描くこと」に自らの生きる糧をもとめ、その営みによって自らの生の実感を得ていたかという証左であるような気がする。

そう、「情熱」は「熱狂」のなかからは生まれないのである。

（信濃絵ごよみ364）

信州教育（一）

長野県は昔から「教育県」とよばれている。江戸時代に寺子屋の数が多かったからだとか、人口に比較して進学率が高いからだとかいわれているけれども、本当の理由ははっきりしない。

ただ、他県にくらべていわゆる「私塾」といった形態の草の根的な教育運動が盛んだったことはたしかである。そういう長野県独特の教育運動の歴史を「信州教育」とよぶらしい。

まず一九二一年十一月にわが上田市で開講された「信濃自由大学」は、さながら「信州教育」の夜明けをつげるものだったろう。講師陣には法律学担当として同志社大学教授だった恒藤恭、人文哲学担当として哲学者土田杏村、文学担当として気鋭の論客だった高倉輝らが招かれ、教室となった市内横町の神職合議所には五十余名もの熱心な聴講生があつまった。開講期間は農民たちに余暇のある農閑期の、だいたい十月頃から翌年四月頃までとし、受講料は当時のお金で一講座三円、一講座を平均五日間一日三時間の講義で行うというものだった。

この「自由大学」の試みはあっというまに全国に広まり、やがて県内では飯田に「信南自由大学」、松本に「松本自由大学」が設立され、地域住民のための学習運動として大いなる足跡をのこした。そして、そうした各地に設立された「自由大学」の連絡機関となる「自由大学協会」なる組織が上田に設けられ、翌年一月からは「自由大学雑誌」という一種のネットワーク誌まで発行するようになるのである。

しかし、この「信州教育」の発芽ともいえる「自由大学運動」も、しだいに聴講者が減少して経営難に追いこまれ、加えて経営方法をめぐって講師間にも対立が生じたりして、一九三一年に幕をとじることになった。開講当初土田杏村が「自由大学雑誌」のなかで語った「学問を空気のごとく水のごとく我々の周囲に豊かにしたいのだ」という理想の実現は、ついに未完のままで終ってしまったのである。

（信濃絵ごよみ365）

信州教育（二）

当時まだ大阪市大の教授だった宮本憲一先生が、私もよく知っている望月町の「職人館」を拠点にして「宮本塾」をはじめたのは、おききしたところによると十三年前だそうである。

もともと宮本塾は「都市学」を専門とされる宮本先生が、大阪都市環境会議という市民組織のなかで展開していた社会人や学生による学習会だったのだが、塾生たちの「農村の人々と交流したい」という要望から信州望月町での会合を重ねるうち、いっそ望月町で「塾」を開講してはどうか、ということになったらしいのだ。

望月町「宮本塾」での一番人気は、何といっても東西の「都市論」の古典を読むことで、そんななかでもマンスフォードの「都市の文化」は望月町塾生たちに大きな影響をあたえたという。マンスフォードなんて私にとっては初耳の人だが、都市社会学者としても文明批評家としても一級の研究者で、一九三〇年代にナチズムやスターリン主義を批判したきわめてリベラルな社会主義者でもあったとのことだ。望月町塾生はそれを読んで知的昂奮をたかめ、自らの思想をつくる歓びを得た、と宮本先生は嬉しそうに語られていた。そしてその成果は、一九九九年に塾生たちがまとめた「農村発・住民白書―本当の豊かさにむかって」という一大レポートの完成をもって結実したのである。

しかしながら、この「宮本塾」も最近では著しく塾生が減少し、宮本先生が大阪市大、滋賀大学を退官された現在では、だんだんその存続が困難になってきているらしく、塾生の減少だけでなく、農村の生活の変化にともなって学問にうちこむ時間も制約されてきたという。「塾生が義務でくるのではなく自発性をもって学ぼうとする姿に刺激される」「塾生からの個性ある報告からは私自身が学ぶことが多かった」と宮本先生は語っておられたが、どうかこの「信州教育」の一典型が、私の好きな望月町でこれからも静かに営まれつづけてゆければ、と希《ねが》っているところなのである。

（信濃絵ごよみ366）

俳句ブーム

今はひそかな「俳句ブーム」なのだそうだ。年配者はもちろん、若い人のなかにも俳句の人口がふえていて、全国には何千という俳句結社や同好会があるのだそうな。

先日、私のところにも「ＮＨＫ俳句」というテレビ番組からお誘いがきた。推薦者は俳人の矢島渚男さんで、私は渚男さんの隣りにすわって入選句の感想をのべるゲスト選者。最初は「今まで俳句なんか作ったことがないので」と固辞していたのだが、あまり渚男さんが熱心に誘って下さるのでひきうけることになった。

本格的に俳句を作ったことはないけれど、私はじつは俳句の隠れファンである。新聞や雑誌の俳句欄にはかならず眼を通すし、自分流に「この句はいいな」とか「これはチョットいただけないな」とか点数をつけたりすることもある。たまに虚子や子規の句集をめくったり、これもほんの時々だが、自分でも頭のなかで一句、二句ひねったりしているのである。

「俳句」の魅力は、何といっても詠《うた》いこむ文字数が限られている不便さ、、にあるだろう。何しろ五・七・五の十七文字のなかに「季語」を入れれば、自由に使える字数はたった十二文字である。無限の心象風景や人間の内奥にやどる繊細な心理を、僅か十二文字のなかに詠いこむなんて芸当は、まさしく省略文学の極致といわれる俳句にだけ要求される離れワザなのである。

考えてみれば、今や世の中じゅうに情報があふれ、テレビやインターネットが無数の言葉をタレ流す時代である。一般人から政治家までが、饒舌かつ無節操にしゃべりまくり、しかもその一言一言がいかにも「軽い」世の中だ。今の「俳句ブーム」は、そうした過剰な言葉の氾濫に対する日本人のせめてもの抵抗といえるのではなかろうか。

さしずめ「俳句」は、飽食日本のなかに咲いた一汁一菜の芸術であるような気がするのだが。

（信濃絵ごよみ367）

自分遺産

最近、日本列島北端の秘境知床半島が「世界遺産」に登録された。わが日本では鹿児島県の屋久島、青森、秋田両県にまたがる白神山地につづいて三番目の登録になるそうである。

今度のことで、「世界遺産」には無形文化財や歴史的習俗などに対する「文化遺産」と、貴重な生態系や自然環境に対する「自然遺産」の二つがあることを知ったが、いずれも国連教育科学文化機構であるユネスコが、世界各地にのこる人類共有の稀少な財産の「価値」を認め、より一層その保護につとめる努力を私たちに要請している「登録」であるともいえるだろう。「登録」によって生じる観光客の増加、制約をうける漁業、林業の問題。これまでも知床に棲むヒグマやアザラシの保護につとめ、数多い天然記念物や無垢な自然の保全に力をそそいできた人びとにとっては、今回の「登録」はさらなる宿題と責任を背負わされる栄誉だったといってもいいのではなかろうか。

　そこでふと思ったのは、私たち人間にもそれぞれ「世界遺産」ならぬ「自分遺産」とでもいうべきものがあるのではないかということだ。

　他人にはわからないが、自分だけが愛し大切にしている場所、人、言葉、書物……それは「自分遺産」というものだろう。人間はそれを自分の心に「登録」することによって、辛いとき挫けそうになったときに何どもそれと巡り合い、そこから生きる勇気をもらう。その愛する「場所」に立つことで自分をふりかえり、その「人」と会うことで自分を取りもどし、その「書物」をめくることで自分の考えをふかめるのだ。

　ただし、この「自分遺産」も油断をするといつのまにか手垢にまみれ、忘れられ喪われてしまう危険性があるという点では、「世界遺産」と同じである。慌しい世の中の移ろいのなかで、記憶の奥に「登録」した自分の大切な「場所」「人」「書物」のありかを、時々は再点検しておく必要があるということなのかもしれない。


（信濃絵ごよみ368）

舌禍

私は一見気むつかしそうで無口にみえるが、ネはかなりお喋りである。とくにお酒が入ると、みっともないほどよく喋る。そこで生じるのが「舌禍」である。

舌禍、つまり喋った言葉が相手を傷つけたり、口にした話題があとで思いがけない方面に影響をおよぼしたりすることだが、私は今までに何回もそれをやって冷や汗をかいた。まぁ、冷や汗ですむうちはまだ可愛気のある舌禍なのだろうが。

いつだったか、著名画家の○さんと一献かたむけていたとき、何気なく私は「×さんの作品はいいですねぇ」と他の画家の名を出した。そして、酔いにまかせて長々と×さんの作品の素晴らしさを語った。ところが今一つ、○さんは私の話にのってこない。それもそのはずで、あとである人からきいたところによると、○さんと×さんは以前から犬猿の仲なのだそうだ。そうとはツユ知らず、私は○さんの前でエンエンと×さんの芸術の礼讃をつづけたのである。

反対にこんな例もある。

これもある有名な作家さんの出版記念パーティに招かれたときだったが、ワイン片手に雑談にふけっているうち、私はある美人画家のことをコテンパンにコキ下ろした。「画家が美貌である必要はない」「もっと本業の絵を勉強しなければ」、とにかく言いたい放題その女性画家をやっつけてしまったのだ。しかし、これが何と当の作家先生の奥さんだということがわかって、すっかり酔いがさめてしまった。後悔先に立たずとはこのことで、もちろんその後、この先生とは何となく気まずい関係になってしまったのはいうまでもない。

そんなわけで、口は災いのモト、ことにお酒が入ったときにはくれぐれも口にチャックを、と心がけてはいるのだが、私のお喋り癖はなかなか治らず、これ以外にも舌禍による失敗談をあげたらキリがないくらいなのである。

（信濃絵ごよみ369）

筆禍

「舌禍」以上に気を付けねばならないのは「筆禍」である。舌禍は「喋った言葉」が問題になるのだが、筆禍は「書いた言葉」が問題になる。

筆禍の典型的な例としては、作品のモデル問題があげられる。フィクション、ノンフィクションにかかわらず、作品に登場する人物が特定の実在する人物をモデルにしていた場合、たちまちその人物からクレームがつく。「事実はそうではない」「そんなふうに私のことを書かれると迷惑だ」といった抗議をうけるのである。かって三島由紀夫の『宴のあと』や臼井吉見の『事故のてんまつ』などが、世論を巻きこんだ大きなモデル裁判にまで発展した事件を覚えている人も多いだろう。

私にはそれほど重大な筆禍の経験はないけれども、やはり一、二ど読者から抗議の手紙をもらったことがある。

一どは、私があるエッセイのなかで中学時代の親友との思い出を書いたところ、その親友から「あれはボクではなくて×君ではないか」という指摘をうけた。いわれてみれば、これはたしかに私の記憶違いだったようで、その親友に丁重なお詫びの手紙を出して許してもらった。別にこのエッセイで親友の名誉を傷つけたとか、何か実害をあたえたというわけではないのだが、文章に名前を出された当事者としては、たとえ些細な間違いであっても看過できない気持ちになったということなのだろう。

ただ、読者側の勘違いということもある。ある作品を読んで「これは自分がモデルだ」と思いこんでしまう場合だ。何年も前の話だが、私の小説に「もうこれ以上自分のことを書かないで」と文句をいってきた女性があった。だが、これはまったくの濡れ衣で、この小説はすべて私の想像によって書かれたものだったので、何とも弁明のしようがなかった。放っておいたら、やがてその人からは何もいってこなくなったが。

（信濃絵ごよみ370）

新人時代（一）

近頃は、各界で十代、二十代の若いスターが誕生しているので、あまり「苦節時代」とか「下積み時代」とかいった言葉はきかれなくなったが、それでも社会的に成功した人たちは多かれ少なかれそういう時代を経験しているようである。

私が二十代に経営していた「塔」という酒場にも、のちのちその道で大成した人たちがずいぶん通っていた。

たとえば、今では本業の他に料理家、画家としても活躍している写真家の西川治さんも、若い頃は私の店の常連だった。たしかあの頃、西川さんは某雑誌社の写真部のアシスタントか何かをしていたと思うのだが、店のカウンターの隅でコーヒーを飲みながら、首から下げた小型カメラを大事そうに手入れしていた姿を思い出す。

同じ頃店で顔を合わせたのは、作曲家の高島明彦さん、歌手の手塚しげおさんだった。芸大を卒業して山本直純さんの門下生となった高島さんは、その後、「たかしまあきひこ」の名でドリフターズの専属編曲家となるのだが、やがて「ヒゲのマーチ」で大ヒットを飛ばす。また、手塚しげおさんは私の店にきていた頃は新進のソロ歌手で、デビュー曲が出たときには店中でお祝いをしたものだったが、のちにスリーファンキーズという人気グループの一員になってスター街道を歩くようになった。

他に女優の関根（現・高橋）恵子さん、キックボクシングの沢村忠さんなども時々来店された。もっとも、この頃すでに関根さんはれっきとした大映のスターだったし、沢村さんも全日本のチャンピオン、居合わせた客にサインをせがまれることもあったくらいだから、お二人の場合は「苦節時代」というより「新人時代」といったほうが正確だったかもしれない。

とにかく、昭和四十年代初めの私の酒場「塔」には、野心満々、前途洋々の新人たちがワンサとつめかけていた。

（信濃絵ごよみ371）

新人時代（二）

　もう一人、私の営む酒場「塔」に通っていた常連客に水木一郎さんがいる。水木一郎さんといえば、今やアニメソングを歌わせたら右に出る者のいないくらい、そっちの世界では超一流のベテラン歌手だが、水木さんも毎晩遅くまで「塔」のカウンターで飲んでいたお得意さんだった。

　あの頃水木さんはまだ十代後半か二十代初めで、どこか一般会社に勤務されていたように思うのだが、「塔」の近くのアパートで一人住まいをされていたので、勤め帰りに私の店によく立ち寄られた。いつも一人でビールを飲んでいて、あまり話をしない寡黙な人だったが、いったん歌の話をしはじめると止まらなくなった。「どうしても歌手になりたいんだ」、ある日めずらしく酔った水木さんがそうポツリといっていたのが昨日のことのように思い出される。

　記憶にのこっているのは、水木さんはいつも夜遅く帰ってくるとき、大きな声で歌をうたっていたことだ。店を早く閉めたときなど、私と妻とはそんな水木さんと何回も夜道ですれちがった。暗い道の向うから水木さんの声がきこえてくると、練習のじゃまをしてはいけないからと、私たちはわざと横道にそれて遠回りをして帰ってきた。それほど水木さんは真剣に、夜道を歩きながら発声練習をしていた。

さて、肝心の自分は、というと、私にはその頃の水木さんほど夢中になる将来の夢があったわけではなかった。もちろん店を繁盛させて、今よりももっとゼイタクな暮しをしたいという夢はあったが、水木さんのようにその夢のために人一倍汗をかいて努力しようとはしなかった。ただ年上妻の尻に敷かれながら、店の売上に一喜一憂しているだけの毎日だった。それでもやはり、今ふりかえってみると、あの時代は水木さんたちと同じように、私にとってもかけがえのない「新人時代」だったのだな、と思ったりするのである。

（信濃絵ごよみ372）

自転車操業

別に自慢していうわけではないのだが、私の美術館は「万年赤字美術館」である。春夏秋の観光シーズンには、連日大繁盛という期間もあるのだが、秋ぐちから春先にかけてのオフシーズンとなると来館者が激減する。そのため、好景気のときの収入を閑散期に使い果たし、またその分を次の観光シーズンで稼ぐ、という自転車操業をくりかえしているのである。

自転車操業といったが、これは何も美術館の経営だけとはかぎらないようで、日々机にむかっている文筆業のほうでも同じことがいえるようだ。

私の場合は、平均すると年に二、三冊の本を出しているのだが、このペースでゆくと、年間少なくとも四百字詰原稿用紙一千枚ぐらい書かないと間に合わない。量産能力のある流行作家ならいざ知らず、私のごとき半人前作家、筆の運びが人一倍ノロイ物書きになると、この枚数はかなり大変。年一千枚といえば、一日に最低三枚以上書かなければならないわけで、一ど書けなくなると何日も机にむかう気がしないという怠け者にとっては、とても追いつけないハイペースなのである。

で、いきおい年間二、三冊の出版本のなかには、以前雑誌や新聞に発表したものや、どなたかと対談したときの記録といった、書き下ろし（一冊の本を丸ごと脱稿すること）以外の文章を登場させなければならなくなる。つまり、全篇を書き下ろした本にくらべるとどうしても内容的に軽いエッセイ集とか、コラム集とかいった本を出すことになる。私は何となくこういう状況を、物書きだけにある「自転車操業」ではなかろうかと思っているのである。

まぁ、読者のほうは読者のほうで、あんまり肩に力の入った書き下ろしの本よりも、気軽に読めるエッセイやコラムの本のほうが好き、といってくれる人がいるのが救いなのだけれど。


（信濃絵ごよみ373）

短縮語

ヴァイオリニストの天満敦子さんがメンデルスゾーンのコンチェルトのことを「メンコン」、ベートーベンのそれを「ベーコン」といわれているのをきいて、厳粛なクラシック音楽の世界にもいわゆる「短縮語」があるのかと感心した。

今の若い人のあいだでは短縮語は当り前である。元の彼を「元カレ」、彼女だったら「元カノ」、遠距離恋愛は「エンアイ」、「サラリーマン」は「リーマン」、傑作なのは駅名で、「二子玉川」を「ニコタマ」といったり、「三軒茶屋」を「サンチャ」、「渋谷」を「ブヤ」といったりする。このあいだ「ノクチ」というのをきいて、どこの駅かと思っていたら「溝ノ口」だった。若い人には若い人の感覚で、固有名詞や地名をちょっとオシャレな（?）短縮語に変換してしまう能力があるのだろう。

私が以前やっていた水商売の世界も短縮語のオンパレードだった。「レモンスカッシュ」は「レスカ」、「トマトジュース」は「トマジュー」、注文の多いコーヒーは

「ホット一つお願いしまーす」「アイスおかわりお願いしまーす」で間に合わせていたが、こうした古典的な短縮語は今でもそのまま使われているようだ。

そういう意味からいえば、今や当然のように使っている「パソコン」だって「パーソナルコンピューター」の略だろうし、「ファミレス」は「ファミリーレストラン」、「コンビニ」は「コンビニエンスストア」の略、もはや短縮語などと区別する必要がないほど巷に定着している言葉もある。今さら「テレビ」を「テレビジョン」、「カンパチ」を「環状八号線」という人のほうが不自然なくらいなのである。短縮語にも「淘汰される言葉」と「生きのこる言葉」があるということなのかもしれない。

でも、あのれっきとした売春犯罪である「援助交際」とやらが、今も女子中高生のあいだで「エンコー」という短縮語で生きつづけているのだけは許し難い。

（信濃絵ごよみ374）

銘酒「槐多《かいた》」

大抵の美術館にはミュージアム・グッズが置いてある。人気作品の絵ハガキや美術館のコレクションを紹介するカタログ、ちょっとしゃれたデザインのコーヒーカップや展覧会を記念したTシャツ、最近ではかなり高価なブレスレットや指輪までがウインドウにならんでいる。美術館の来館者のなかには、展覧会を見終ったあと、ミュージアム・ショップで買い物をするのがたのしみ、という人も少なくないのである。

私の美術館でも色々なグッズを売っているが、最大の売りモノは村山槐多《かいた》のデッサンをラベルにした銘酒「槐多」だ。槐多といえば大正八年に二十二歳五ヶ月で夭折した天才画家で、私の美術館は俗に「カイタの美術館」といわれるくらい多くのコレクションを所蔵しているのだが、その槐多のちょっぴりエロチックな絵のラベルを貼った四合瓶の日本酒が人気なのである。もちろんお酒の中味は、望月町の老舗酒造会社「西澤酒造」でつくっている「善光寺秘蔵酒」というお酒なのだが、少々辛口で喉ごしスッキリ、というその味わいが、何となく真一文字に青春を燃焼して駆けぬけていった槐多の生涯にピッタリというのがおかしい。

でも、いつだったか槐多のある熱心な信奉者から「槐多の芸術をグッズにするなんてケシカラン」というお叱りをうけたことがあった。かりそめにも美術館という仕事は、所蔵している画家の人と作品を学問的に研究し社会に広めてゆく役目をもっているのだから、お酒に「槐多」の名を付けるなんてもってのほか、というわけなのである。いわれてみれば、愛する画家の絵をお酒にして商売するなんて、美術館としては失格なのかもしれないと思ったものだ。

しかし、よくよく考えてみると槐多は有名な大酒飲み、世間の常識をやぶって生きた元祖デカダンの画家だった。銘酒「槐多」を一番飲みたがっているのは、他ならぬ当の槐多なのではなかろうかと思ったりもしているのだが。

（信濃絵ごよみ375）

小銭派

水商売の経験がある私は、どうも昔から「小銭」にこだわるところがある。スーパーでもらう一円玉のお釣りだとか、タクシイのメーターに出る十円、二十円の端数だとか、郵便物の切手代だとかがとても気になるのである。

考えてみれば、水商売で稼ぐお金は百円、二百円の積み重ねである。水商売といっても、私の場合は場末の酒場の経営者だったから、文字通りビール一本いくら、オツマミ一皿いくらといった売り上げがすべてだった。「チリも積もれば」という言葉があるけれども、たしかにその「チリ」が積もったおかげで、私は十何年後かに念願の美術館を建てる経済的基盤（大半は銀行からの借入れだったが）をつくることができたといえるのである。

反対に、世の中には「大銭」（？）のなかで生活している人もいる。たとえば不動産だとか貿易だとかいった仕事をしている人たちは、日々「何百万円」「何千万円」

といったお金の単位のなかで暮しているのだろう。経験がないのでわからないが、一晩に何千万円儲けたとか、何百万円損したとかいう経営者は世間にゴマンといるにちがいない。最近、新聞によく登場するＩＴ企業の若社長さんなんかは、一年の収入が「何百億円」というのだから、これはもう私の想像の域をはるかに越えているというしかない。

でも、どちらかといえば小銭派の私は、小さなお金をコツコツ貯めて成功した人のほうが好きである。同じ人生の成功でも、何だかそっちのほうが「信用のできる」成功のような気がするからである。

早いはなし、一本十円の清涼飲料、一枚百円のガムを売ってプロ野球球団まで買っちゃった会社なんかには頭が下がる。最近、テレビのコマーシャルといえば消費者金融と保険会社ばかりだけれど、一本百円のボールペンを売っている名門万年筆会社の宣伝なんかをみると、思わず涙ぐんで拍手をしたくなるくらいなのである。

（信濃絵ごよみ376）

ジョイント

「ジョイント」とは「接続」とか「合同」といった意味である。「ジョイント・コンサート」とか「ジョイント工事」とかいったふうに使う。

きくところによると、戦後、日本で最も普及したジョイント商品の一つは「消しゴム付き鉛筆」なのだそうだ。なるほど、私の中高時代にはそんな鉛筆を使っていた記憶がある。何しろ、文字を書きながらクルリとひっくり返すと消しゴムになるのだから、こんな便利なことはない。

第二のヒット商品はいわゆる「パンスト」、パンティストッキングだ。この下着ともタイツともつかない、二昔前にプロレスの力道山がはいていたようなヘンテコな衣類も、今ではご婦人のファッションの必需品となっている。最近では男性用にも同種のモノが売られているというから、これなど現代にも通じるジョイント商品の王者といえるだろう。

三番目は何といっても「カツカレー」。いつ頃から洋食のメニューに加わったのか定かではないけれども、カレーライスの上にカツをのせたメニューが人気を博しはじめた。今では「カツ」だけではなく、ハンバーグやコロッケをのせたカレーもお目見えしているが、こうした異食材を組み合わせたジョイント食品の先がけといえば、「カツカレー」につきるようだ。

もっとも、古今東西だれもが納得する最大の「ジョイント」といえば、人間サマの「結婚」ではないかと思うのだが、どうだろうか。何しろ、ついこのあいだまではまったくの他人だった男と女が、何のハズミか恋し合い愛し合い、意気投合して一つ屋根の下で暮しはじめるのだから、こんな劇的かつスリリングな「ジョイント」はないだろう。

「カツカレー」とならんで人気ジョイント食品に入るメニューに「納豆巻き」というのがあるけれども、「納豆巻き」がお寿司屋さんの定番メニューになるには十年以上もかかったという。だとすれば、人間サマの「ジョイント（結婚）生活」が落ち着くのにも最低そのくらいの月日が必要なのかも。

（信濃絵ごよみ378）

アナウンス

日本ほど「アナウンス」の多い国はないのではなかろうか。

駅のホームはもちろん、電車内、デパート、競技場にいたるまで、とにかく「アナウンス」が多い。ホームに立っていると、「何番線に電車が到着します」「発車します」「かけこみ乗車はおやめ下さい」「白線までさがって」等々、ときには一つのアナウンスにもう一つのアナウンスが重なってきこえるといったこともある。町を歩いていてもそうで、信号の変るたびに「赤になりました」「青になりました」、このあいだはどこかの信号で「どうぞお渡り下さい」のアナウンスがあったのにはたまげてしまった。いったい人間の生活にこんなにクソ丁寧なアナウンスが必要なのだろうか。

「アナウンス」に迷惑するのは、その多さに対してだけではない。とくに電車内のアナウンスがそうなのだが、早口かつ言語不明瞭で、何をいっているのかわからないアナウンスと出会うことがある。

たまに不案内な土地の電車にのったときなど、この不明確、不親切なアナウンスには大変閉口する。というより、大変不便する。初めてきく駅名なのに、発音がはっきりせず、しかも電車の音がゴットンゴットン、ゴォーゴォー、これじゃあ乗客の耳にちゃんととどくはずはないのである。しゃべっている車掌さんは、自分の言葉が相手にとどいているのかどうか、まるで関心がないようなアナウンスにさえきこえるのだ。

そこでいいたいのは、駅員さんや店員さん、少なくとも公共の施設でアナウンスを担当する人は、放送局のアナウンサーでもよんで、ぜひ「アナウンス」の特訓をうけてもらいたいということ。せめてキチンとした言葉使いの美しい「アナウンス」であってくれれば、町の騒音も少しは我慢できるのではないかと思うからである。

ヤレヤレ、年をとると小言が多くなるなァ。

（信濃絵ごよみ379）

閉店セール

もう半年ほど前になるが、私の「信濃デッサン館」の経営難が全国紙の社会面で報じられたことがあった。以来、あちこちから「美術館閉めちゃうの？」という問い合せが殺到している。

これまでも何どか書いたように、わが「信濃デッサン館」の経営難は今にはじまったことではない。ここ何年か連続して来館者が減少し、勤務する館員への給料もなかなか昇給してあげられない状況がつづいている。新聞の記事も、そういう美術館の恒常的な「赤字」を取りあげたもので、別にすぐ閉館するとか、二十七年の歴史に幕を下ろすとかいうほど深刻な内容ではなかったのだが、以前から館の運営を心配してくれている人たちにとっては、やはりこの記事はショックだったようだ。

そこで思い出すのがスーパーの「閉店セール」である。経営難から閉店に追いこまれたスーパーが、文字通り閉店を記念（？）して催す「大売り出し」のことで、この

「閉店セール」にだけはふだんの何倍ものお客がつめかけるという皮肉な現象がおきる。「いつもこれくらいお客がきてくれたら店もつぶれなかったのに」と経営者を苦笑させるほど、なぜかこの「閉店セール」というのは大繁盛になる場合が多いのだ。

経営難が新聞に報じられてから、何となく「信濃デッサン館」の来館者がふえているかんじがするのは、やはりこの「閉店セール」的な現象なのだろうかと思うことがある。今年の夏の入館者は去年の倍近くだったし、何年ぶりかで再訪したというお客さんもずいぶんいたようだった。そうした来館者の大半は「閉館しないうちにもう一度見ておこうと思って」駆けつけてくれた熱心なファンなのである。

でも、そういうお客さんに「まだ閉館するわけではないんですよ」「これからもがんばりますから」というと、「え？　まだ閉館しないの？」と、いささかがっかりしたような顔をされるのはなぜなんだろう。

（信濃絵ごよみ380）

心臓病

私の心臓病は父親の水上勉譲りだということは前に書いた。昨年他界した父親の死因は「心不全」だったが、その引き金は晩年二どにわたっておそわれた心筋梗塞、脳梗塞の発作にあったことは明白である。

心臓病といっても私はまだ軽いほうで、ときどき短い不整脈におそわれたり、少し運動すると息切れしたりする程度なので、心臓病というより半分は加齢によるものと考えていいのだろう。しかし、そこは何しろ父親譲りの心臓病の体質なので、いつ本格的な発作におそわれないともかぎらない。ほかの内臓疾患とはちがって、何といっても心臓病がこわいのは前置きなく「突然に」おそってくるものだからである。

そこで心配になるのは、発作におそわれるのは「いつ」「どこで」「何をしている」ときかということだ。

一番のぞましいのは「仕事中」におそわれるケースである。できれば美術館の受付に坐っているときとか、展覧会の準備に追われているときとか、机にむかって懸命に原稿を書いているときとか、そういうときであってほしいと思う。「殉職」という言葉があるように、男子たるもの、好きな仕事に打ちこんでいるときに最期をむかえるというのが一番カッコイイと思うからだ。

一番おそろしいのは、あまり人に知られたくない場所、知られたくない状態のときに、といった場合だ。ウラ若い愛人と抱擁中に急死、なんていうのがその典型例だが、その他にも自室でお札を数えているときだとか、ふだん軽蔑していると公言していたパチンコ屋さんか競馬場でコト切れるとか、あまり自慢できる姿じゃないときに発作に見舞われるのだけはご免蒙りたい。

だからといって、久しぶりにわが家に帰って、一家でスキヤキか何か食べて幸せ一杯のときにポックリ、なんていうのも何だかカッコ悪い気がするけど。

（信濃絵ごよみ381）

挫折原稿（一）

推理小説界の大御所である佐野洋先生が「断念原稿」というエッセイを書かれているのを読んだ。

ずいぶん昔、佐野先生は「心臓移植」（当時はまだ行われていなかった）をテーマにした推理小説を書きはじめたのだが、脱稿寸前になって実際に某大学病院で「心臓移植」の手術が成功してしまい、せっかく組み立てた小説の構想がオジャンになってしまったというのだ。結局、佐野先生はその小説を途中で断念せねばならなくなり、今でも手元においてある「断念原稿」をみるたびに、口惜しくて口惜しくて仕方ない、と述懐されているのである。

じつは私にも同じような経験がある。

私の場合も推理小説（佐野先生のとはくらべものにならないレベルのものだが）で、もう十何年も前のことだが、ある新興宗教団体の教祖が美術館を舞台に暗躍し、名画を掠奪、学芸員を誘拐し、ついには殺人にまで至るという一大ミステリィを書きはじめたのだが、ちょうど話が佳境に入ったときに例の「オウム事件」が発生、しかもその犯罪内容がきわめて私の小説に似ていたものだからガックリきてしまった。私はそのワープロ原稿を「断念原稿」ならぬ「挫折原稿」と名付けて、今でも後生大事に手元にのこしているのだが、やはり佐野先生同様、それをみるたびに口惜しくて口惜しくて眠れないほどなのである。

だが考えてみれば、これこそ「事実は小説より奇なり」を地で行ったようなもので、私も佐野先生も「事実」が発生する以前にそれを先取りしていたのだから、それほど悲観することはないのかもしれない。こうした「挫折原稿」は、ある意味では想像力が勝負の作家にとっては大きな勲章なのかもしれない、と思ったりもするのである。

でも、四百枚近くも苦労して書いたあの原稿、やっぱりみるたびに口惜しくて口惜しくて。

（信濃絵ごよみ382）

挫折原稿（二）

「挫折原稿」にも色々な種類があるらしい。

一番多いのは、当初、大体の筋書きをきめて書きはじめた原稿が、途中で横道にそれたり脱線したりしているうちに、とうとう収拾がつかなくなってしまうケースだそうである。信じられないことだが、これはかなり著名なベテラン作家でも経験することがあるそうで、最近もある新聞に連載されていた人気女流作家の小説が、ついに着地点を見うしなって完結しないまま時間切れで中止になってしまった事件があったし、かってある総合雑誌に連載されていた文豪とよばれる大作家の作品が、読者の知らぬうちに（？）、いつのまにか途中で打ち切られてしまっていたこともあった。いやはや、そういう話をきくと、私のような半アマチュア的物書きに「挫折原稿」が多いのもむべなるかな、といった気持ちにもなるのである。

二番目に多いのが（じつはこれが最悪なのだが）、書きはじめたときの情熱と意欲が最後まで持続せず、途中でイヤになって投げ出してしまうというケースである。最初は意欲満々、猛ダッシュで書きはじめたものの、しばらくすると急にその仕事への興味が薄れてしまうということがよくあるのだ。私なんか、このテの「挫折原稿」が思い出すだけでも十何編かある。二、三十枚で「ヤーメタ」というのもあれば、五十枚で「もうダメ」、百枚以上も書いて「ゴメンナサイ」というのもあるのである。

ただ、私の場合はこうした「挫折原稿」のなかから、突然何かをきっかけに執筆意欲が再燃し、ついに完成にまでこぎつけるという作品が生まれるのでよけい始末が悪い。一どあきらめていた「小説」や「評伝」や「随筆」が、ある日あるとき、突然息を吹きかえし、以前の何倍ものスピードで書きすすめられる。こういう作品を書き終えたときは、何だか自分が一度死んだ患者を生き返らせた名医になったような気分にもなるのである。

私はそういう「挫折原稿」を、ひそかに「敗者復活原稿」とよんだりしているのだが。

（信濃絵ごよみ383）

追っかけ

俗にスターとよばれる人たちにはかならず「追っかけ」がいる。人気のある俳優さん、歌手さんのアトを追いかける熱心なファンのことである。

親しくさせていただいている歌手の加藤登紀子さんや、ヴァイオリニストの天満敦子さんにもたくさんの「追っかけ」がいて、全国どこのコンサート会場に行ってもそういうファンが待ちかまえているそうな。登紀子さんなんかは、そうした「追っかけ」の人たちだけで「登紀子倶楽部」という親睦会をつくっているのだそうである。

天満さんの「追っかけ」は豪華メンバーである。ほとんどの演奏会に作曲家の小林亜星さんが顔を出しているし、日銀総裁や外国大使の姿もある。噂をきくと、何と皇后美智子妃殿下も天満さんの大ファンだそうで（私も一どだけ紀尾井ホールでお姿に接した）、国内外で幅広く活躍している天満さんならではの最強（？）の「追っかけ」隊といえるだろう。

こうした本物のスターにはおよばないが、私にも（ほんの少数だが）「追っかけ」という有難い人たちがいる。

ずっと以前から「信濃デッサン館」や「無言館」を応援してくれている人たちで、館で企画する行事にはもちろん、私が招かれる地方での講演会にも万障繰り合わせて駆けつけてくれ、新刊の本が出ると真っ先に本屋に行って購入してくれる。そんなときには、もつべきものは本当に「ファン」様々だな、と心のなかで手を合わせているのである。

でも困ることが一つある。いつも同じ「百万本のバラ」や「望郷のバラード」で喝采をあびている加藤さんや天満さんとちがって、講演はあくまでも中味が勝負。会場に「追っかけ」ファンの姿をみつけるたびに、同じ内容の講演をするのが申し訳なく、さりとて初めて私の話をきく人にも配慮せねばならず……こんなときには「いつも同じ話でゴメンナサイ」とお詫びしつつマイクの前に立っているのである。

（信濃絵ごよみ384）

水商売気質

あちこちに書いているように、私は水商売出身の美術館主である。高度成長期の酒場経営で今の生活の基礎を築いた。

そのせいもあってか、私の「水商売」に対する採点はなかなか厳しい。初めて訪れた酒場で、席に着くや否や「ここのウェイターのサービスは三流」だとか「店のふんいきが最低」だとか不満を連発する。ちょっと料理が遅れただけでも、「経営者の教育がなってない」だとか「お客に対する愛情が足りない」だとか難クセをつける。おかげで私と同行した人たちは、「クボシマさんと食事に行くと落ち着かない」といって甚だ評判が悪いのである。

といって、それでは私の水商売時代が「完璧」だったかというと、その逆なのだから話にならない。私もお客にはまことに評判の悪いマスターだった。何が気に入らないのか笑顔一つみせず、ブスッとした顔でカウンターに立ち、どんな常連さんにも頭を下げることを知らない気分屋マスターだった。私が「水商売」の採点に厳しいのは、そんな昔の自分の姿が反面教師になっているからなのだろう。

ただ、その頃身についた「水商売」気質が、現在の美術館経営、文筆生活にまったく役立っていないわけではない。

たとえば美術館がヒマなオフシーズンに入ると、私はむしろ忙しいとき以上に館員たちと笑顔で会話を交わす。それは、ヒマなときほど経営者と従業員とのチームワークが大切、という水商売のイロハを知っているからだ。ヒマなときに店主がショボリしていると、そのショボリが使われている人にも伝染し、それがますます店をヒマにしてしまうという悪循環を生む。

文筆商売も然り。いくら家庭内のモメごとに悩み、借金に苦しんでいても、書かれた文章はあくまでも読者に希望や夢をあたえるものでなければならない。

文章がブスッとしていれば、物書き業にも注文がこなくなっちゃうのだから。

（信濃絵ごよみ385）

古書目録

時々古書店から「古書目録」が送られてくる。年に何回か定期的に古書店が発行しているお薦め本のリストである。

買うつもりはなくても、ペラペラめくっているだけで愉しいのがこの「古書目録」で、とくに美術専門店から送られてくるのには、今ではめったに手に入らない古い画集や評論集の書名がならんでいるし、時には明治大正といった時代モノの超稀少本を発見することもある。たしか私の美術館に展示してある村山槐多《かいた》の詩画集『槐多の歌へる』や、松本竣介の自家版の雑誌「雑記帳」なんかはそうした「古書目録」でみつけて手に入れたものではなかったかと思う。

こうした「古書目録」で思いがけない掘り出しものを入手したときの喜びは大きい。とくに古書店が時々何かの拍子に売りに出す「絵画」（とくに版画の類が多い）には、画廊で売られる場合にくらべてきわめて廉価なものがある。ことによると古書店のほうに、自分たちは「書物」が専門であって、「絵画」が専門ではないという自負（？）があるのだろうか、町の画廊で何十万もする作品が、たった数万円というケースも少なくないし、なかには有名画家のオリジナル版画付きの本がそのまま売られているときもある。そういう意味では、古書店界はちょっとした「隠れ美術市場」とでもいってもいい気がするのである。

ただ一つ、そんな「古書目録」をみていて憂うつになることがある。送られてきた「目録」のなかに自分の本の名を発見したときである。もちろんすでに「古書」の類に入るほど昔の本なのだから、「目録」に記されていても一向に文句はいえないのだが、その本が当時の定価の何倍もの値段で売られていたりすると、自分が「現役」の物書きでなくなってしまったような淋しさにおそわれる。何だか自分という人間までが、あの古色蒼然たる古書店の書棚に並べられちゃったような、ちょっぴりもの悲しい気持ちになるのである。

できれば自分の本だけは、古書店じゃなくて、いつまでも新刊の本屋さんに置いておいてもらいたいなと思う。

（信濃絵ごよみ386）

闘病の人びと（一）

今年の暦も終りに近い。まさしく「歳月は人を待たず」である。

毎年この時期になると考えるのは、病床に伏して新しい年をむかえようとしている友人知己らのことだ。とくに生死にかかわる大病と闘いながら除夜の鐘をきき、往く年をふりかえる人びとの心情を思うと、つくづく息災で新しい年をむかえようとしている自分の健康の有難さが身にしみる。そして、どうかそうした闘病の人たちにとって、来るべき新年が「快癒」の年であってくれますようにと、祈る思いになるのである。

美術館の建設当時からお世話になっている、すぐ近くの○社の社長夫人M子さんが、何万人に一人という筋肉が萎縮する難病にたおれられたのは十年近く前だったろうか。折にふれて館員にお菓子や果物を差し入れてくれ、喫茶室に花をとどけてくれた笑顔の美しいM子さんは、いわば私の美術館応援団のマドンナ的存在だった。その

M子さんが、私の館からほんの一キロほどのご自宅で病と懸命に闘われていると思うだけで、何か胸がしめつけられるように悲しい。

もう一人、病状が気にかかる方がおられる。

私とはもう二十年来の親友である長野県須坂市の古刹のご住職の夫人A子さんで、一年前にガンを発症され、やがて転移、その後きびしい抗ガン剤治療に耐えながらお寺の仕事を手伝われている日々とおききする。以前は住職とよく誘い合わせて長野の夜を遊んだものだったが、最近はションボリしている住職をみるのがつらくて、あまりお会いすることもなくなった。今はただ、A子夫人が命ながらえて新春をむかえ、住職に明るい笑顔がもどられるようにと、静かに手を合わせている毎日なのである。

「歳月は人を待たず」といったが、月日は人を待ってても人の命は月日を待たぬ、いや待ってもらいたい、といったほうが正確なのかもしれない。加齢《とし》のせいもあるのだろう、年の暮れにしきりと思うのはそんなことである。

（信濃絵ごよみ387）

闘病の人びと（二）

暮れも押しつまったつい先日、私の「信濃デッサン館」の別館で元ＮＨＫアナウンサー、絵門ゆう子さんの朗読会がひらかれた。絵門さんの自作になる「うさぎのユック」という童話の朗読で、うさぎのユックは「ユックリ生きる」からついたアダ名、他の兄弟うさぎ四匹とともに病と闘いながら懸命に生きてゆく心あたたまる物語だ。

もう知っている人も多いと思うのだが、絵門さんは末期ガンに冒され、余命一、二年と宣告されながらも「朗読」活動に希望を見出し、全身転移の重篤な身体をいたわりつつ、もう五年も元気に生きつづけているという不死の人である。「朗読」以外にも、本の執筆や講演でも大忙しで、全国各地へ出かけて行って同じガンで苦しむ患者さんたちを励ます充実した日々を送っている。

絵門さんをみていると、やはり「病は気から」なのかなとか、「生きる意欲に優《まさ》る良薬なし」なのかなと思ったりする。病気に負けてメソメソしていたら、とても絵門さんのように逞しく生きてゆくことなどできないだろうと思うからである。

しかし、それだけではないだろう。

そこには絵門さんにそなわった「生かされる力」があるように思われる。「生かされる力」とは、すなわち「死なせてもらえぬ力」である。絵門さんが自分のためにだけ「朗読」し「講演」していたら、あるいはそれだけの力しかもっていなかったら、これほどまでに元気でいつづけることはできないだろう。絵門さんの「朗読」や「講演」が、多くの人びとに生きる勇気、存命の歓びをあたえるからこそ、絵門さん自身もそこに「生きる力」を見出す。「人の役に立つ」ことが人間が生きる最大の理由ではないか、とも絵門さんはいうのである。

絵門さんはつい最近、主治医から「来年二月が限界」と告知されたそうなのだが、その告知された日、来春の四月のカレンダーの空欄に「うさぎのユックの朗読会」の予定を書きこんだそうだ。

(絵門ゆう子さんは二〇〇六年四月に亡くなられました)

(信濃絵ごよみ388)

事故現場

昨年はあちこちで大きな事故や災害がおこった。ＪＲ宝塚線の尼ヶ崎事故、秋田の羽越線の脱線事故、また世界規模では、米国をおそった大津波やハリケーンの記憶もまだ生々しい。

何かの所用で、何日か何ヶ月かして事故現場や災害現場を訪れるのはあまり気持ちのいいものではない。先日も講演のため大阪から宝塚線で福知山まで行く途中、尼ヶ崎の事故現場を通ったのだが、車窓から思わず列車が転覆した場所にむかって手を合わせた。「尼ヶ崎」は私の養母の出生地でもあり、私も幼い頃、養母につれられて何どもも宝塚線にのった思い出があるので、百余名もの犠牲者を出した今回の事故にはとりわけ心が痛んでならないのである。

思い出したが、サンフランシスコ地震のときに私は当地にいて、陥落したベイブリッヂを地震発生前日に通過していた。日系画家野田英夫の作品さがしに夢中だった頃で、野田が卒業したオークランドのピドモント・ハイスクールの壁画を見に行った翌日に、あの大きな被害をもたらした大地震が勃発したのだ。幸い私は地震が発生したときは次の滞在先のニューヨークにいて、野田が暮していたウッドストックの家のテレビでそれを知ったのだが、前日渡ったばかりのベイブリッヂが、まるで劇画のように途中で真ッ二つに折れている画面をみたときには、心臓がとまるくらいびっくりした。

地震とはふしぎな縁があって、十年前の神戸の地震のときにも、たまたま当日神戸に出張する予定だった。朝早く出発の準備をしていたら、テレビの画面に自分が予約をしているホテルが半分傾いて写っているではないか。もちろん出張はそくざに中止、もし予定が一日ズレていたら……と思うだけで冷や汗が出てくるのである。

事故現場に合掌するのは、死者を悼む思いと同時に、ほんの紙一重で被災をまぬがれた自らの強運に思いをふかめるからでもあるのだろう。

（信濃絵ごよみ390）

「北越雪譜《ほくえつせっぷ》」（一）

今年の信州は記録的な豪雪に見舞われた。私の住む上田地方はそれほどではなかったが、信越県境に近い長野県栄村や中津川の両岸にまたがる秋山郷の大雪はひどかった。何十人もの人びとが雪崩や落雷によって亡くなり、道路が寸断されて村が孤立化したと報じられていた。

一八二八年に初めて秋山郷を訪れ、地元の習慣や文化を丹念に調査した越後の文人鈴木牧之（一七七〇～一八四二）は、十年後にその成果を『北越雪譜《ほくえつせっぷ》』という名著にまとめているが、その内容はきわめて実証的、学問的で、今も「雪国の百科事典」としての価値を失っていない。「信濃と越後の国境に秋山というところあり」「冬は雪二丈余もつもりて人のゆききもたゆる」という名文をたどると、いかにこの集落の人びとが毎冬の豪雪と必死に戦いながら生きてきたかという生活史が胸に迫ってくる。因みに二丈といえば約六メートルのことで、昭和二十年二月には日本最高積雪七メートル八十五センチを記録したというのだから、その降雪量たるや並大抵ではなかったのである。

しかし、だからこそ、この秋山郷には時代の変化に与《くみ》しない独特の「雪国文化」が育っているともいえるのだろう。

今でも積雪が一メートルをこえると、秋山郷の人びとは「雪掘り」とよばれる屋根の雪下ろしに取りかかり、除雪車が入らぬ道路では村人総出の「雪踏み」が行われている。「雪踏み」とは、積雪を人の足で踏み固めて応急の交通路を確保すること。また、こうした重い積雪に耐えるために、集落の大半は正三角形の寄棟屋根でできており、玄関の出入り口部分（中門）だけがつき出た形の家屋になっている。これによって、屋根から下ろされた雪は中門の小屋根で左右に分けられ、出入り口をふさぐことがないというのだ。

こんな壮絶な雪との戦いには若い青年男子の体力が不可欠である。そのため秋山郷では、雪国につきものの「冬の出稼ぎ」がほとんどないという理由も、名著『北越雪譜』を読むとよくわかる。

（信濃絵ごよみ391）

「北越雪譜《ほくえつせっぷ》」（二）

ただ、毎冬数メートルの積雪に悩まされる秋山郷や周辺の雪国には、そういう自然環境の厳しさゆえにあたえられる「恵み」があることも忘れてはなるまい。

たとえば、積雪には抜群の保温効果、太陽熱効果があって、標高八百メートル近い秋山郷周域でも照葉樹である茶の栽培が可能である。また、上信越高原国立公園の北方にあたる苗場山《なえばさん》（二一四五メートル）から、秋田・青森両県にかけてひろがる白神山地など日本海側の地域には、ブナやミズナラといった稀少な広葉樹林が密生し、とくにブナの木はたくさんの落葉や小枝を落とし、大量の水分を吸収して蓄える。つまり、ブナがつくった森林腐植土が、積雪の多い地方の人びとにミネラル豊富な水資源を提供してくれるというわけなのである。

「恵み」はそれだけではない。雪が溶けるときに発生する水素イオンの漂白力を利用した「雪晒《さら》し」という手法で、上布《じょうふ》や縮《ちぢみ》といった織物づくりが盛んとなり、近年ではその延長上に上質な雪国仕込みの和紙、桐下駄といった伝統産業までが興されるようになった。もちろん、昭和初期から各地方がスキーリゾートの開設や、雪祭りなどの観光イベントの開催に力を入れはじめているのは周知の通り。

『北越雪譜』を書いた鈴木牧之には、もう一つ『秋山記行』という有名な秘境探訪記があるのだが、この長野県栄村と新潟県津南町にかけてまたがる秋山郷に対する著者の、ある種畏敬の念といってもいいあたたかい眼差しは、こうした積雪がもたらす地元民の生活への深い愛情を表すものといっていいだろう。信州、越後両秋山郷を合わせて僅か十四集落、人口七百人あるかないかのこの村には、これから自然と人間とがいかに直截的に共生し対峙してゆかねばならないかという、大切なキーワードがひそんでいるように思われてならない。

豪雪によって被害をうけられた方々へのお見舞いを申しあげつつ、わが雪国信州がもつ限りない可能性と希望にも眼をこらしたい新春なのである。

（信濃絵ごよみ392）

求人広告

私は十代から二十代初めにかけて十幾つもの職業を転々とした。本の略歴に書いてある「印刷工」「店員」「酒場経営」などはそのほんの一部である。

当時の職探しといえばもっぱら新聞の求人広告でだった。「日給××」「勤務時間○○」「経験不問」……少しでも収入の多い自分にあった職をみつけるために、眼をサラのようにして求人欄に見入った。高校卒業後、初めて勤めた渋谷の服地店も、代々木のツレコミ旅館の手伝いもそんな広告でみつけた職だったし、そこから帰る終電車の網棚にあった新聞で「次の職」をさがしたりしていたのだからアキレたものだった。

それにくらべると、昨今の求人広告はずいぶんオシャレで明るくなったようだ。今でも新聞の求人広告は健在だが、若い人のあいだではFとかPとかいった、いわゆる「求人情報誌」のほうが重宝されているという。

そうした情報誌はたいていが無料で配布されていて、だれでも気軽に手にとることができる。編集にも工夫がこらされ、ただ単に企業の「雇用条件」が記されているだけでなく、それぞれの職ごとに「超人気のブティック」だとか「バイク好きな君にはうってつけのお店」だとか「ちょっとアートな仕事をやってみない？」だとかいったキャッチフレーズが付けられている。なかには「スキーを楽しみながらゲレンデで働こう」とか「面接の交通費をゲット！」とか「入社半年後のボーナス有！」とか、応募者の欲求をくすぐるような文句が添えられていたりする。

　近頃の若者のあいだには働く意欲のない「ニート」とよばれる種族がふえているそうだが、こんなサービス満点の求人広告をみていると、何だか「働く気のない若者」をムリヤリ働かせるのに四苦八苦している企業の姿がうかんでくる。自分が若かった頃の、あの「働く気のない者来るべからず」といったかんじの、何となくおっかない求人広告がなつかしい昨今なのである。

（信濃絵ごよみ393）

「書店」嫌い

人にも拠《よ》ると思うのだが、概して物を書く人は「書店」が苦手なようである。私もそんななかの一人だ。

理由は色々である。

まず「書店」にあふれる大量の本をみるのがイヤなのだ。こんなにも多くの書き手や出版社が競争するように本を出しているのかと思うと、ウンザリする。自分の才能にたちまち自信がなくなり（もともと自信なんてないのだが）、これから新しい作品に挑戦しようなんて気持ちになれなくなる。

とくに、店頭にウズ高く積まれているベストセラーの山をみると腹が立つ。「どうしてこんな本が売れるのか」と反発を覚える。著者がイケメンの若手作家だったり、テレビで人気のタレントさんだったりすると尚更で、置いてある本を裏返しにしちゃいたい衝動におそわれる。要するに、自分の非才は棚にあげて、他人の書いた本はすべて嫉妬の対象になるのである。

それと、自分の本を出してくれた出版社や編集者に対して何とも申し訳ない気持ちになるのも書店を訪れたときだ。人気や話題本のあふれるなか、売れるアテのない私のような者の本の出版の実現に努力してくれた関係者の顔がうかんでくる。たまに書棚の片隅に自分の本を発見したりすると、思わず「ありがとう」と心のなかで手を合わせたい気持ちにもなるのである。

知り合いの画家にきいたところによると、絵を描いている人にも「画廊」や「美術館」が苦手という人が多いそうだ。ならんでいる絵に売約済の赤ピンがさしてあったり、眼の前でコレクターがその絵を買って行ったりするのをみると、頭に血がのぼるほど悔しいというのだ。そして、たとえそれがピカソやゴッホといった大巨匠の絵だったにしても、チクショウ負けるもんか、といった気持ちになって、急ぎ足で自分の仕事場に帰ってくるというのである。

ことによると、私の「書店」嫌いも、心のどこかにそんな「負けん気」があるせいかもしれない、と思ったりもする。


（信濃絵ごよみ394）

「客死」願望

旅先の外国で死ぬことを「客死」という。

パリで三十歳で夭折した洋画家佐伯祐三、先年ニューヨークで死んだ彫刻家イサム・ノグチ、ごく最近、中国の取材旅行中に五十七歳で急逝した日本画家の林功さんなんかがその例だろう。「客死」という言葉には、人生の途上で不慮の死をとげた者だけがもつ宿命の悲しみのようなものがただよう。

前にも何回か書いたような気がするが、私は若い頃から「客死」に憧れていて、できれば自分も旅先でポックリ死にたい、と考えていた男だった。どこの土地だかわからぬが、講演や取材で出掛けた遠い異国のホテルで、ある朝、だれにも看取られずにひっそりと息をひきとる、なんてことができたらどんなに幸せだろう。

だが、この世は諸行無常、人生はそんなに思った通りにはゆかない。こんな「客死」願望の男にかぎって（こんな男だからこそ）、それまで粗末にしていた妻や子どもに手厚く介護され、長患いのすえ、病院のベッドでようやく大往生するような気がしてならない。

だいたい私の場合は、地球上のどこにいても美術館の者が把握しているわけだし、「人知れずひっそり」という具合にはなかなかゆかない。大抵の土地だったらコワイ女房が息セキ切って駆けつけてくるだろうし（たぶん）、訪問先にいる友人や知人が応急手当てや病院の手配に奔走してくれるにちがいない。それでなくても寂しがり屋の私は、どこの旅先でも町に友人を誘い出すタイプなのだ。そう考えると、ますます「人知れずひっそり」はムツカシイ死に方に思えてくる。

しかし、それでも私の心から「客死」への憧れが消えないのはなぜだろう。死期を予感した象のように、どこか見知らぬ土地でふっと消えてしまいたいと願うのはなぜなのだろう。

稀代の放浪歌人山頭火や放哉もそうだったのだろうか。一年の半分以上旅の空にある私の放浪生活も、ことによるとそんな「客死」をどこかで夢みての暮しではないかと思ったりして。


（信濃絵ごよみ395）

拝金主義

最近、ＩＴ企業の若手経営者が不正取り引きの疑いで逮捕され、新聞紙上に「拝金主義」という言葉が目に付くようになった。「拝金主義」とは読んで字の如し、おカネの価値を金科玉条のようにあがめ尊ぶ考えのことである。

もちろんこの経営者のように「お金で買えないものはない」とまで言い切る勇気はないけれども、私にもこの「拝金主義」の傾向がないとはいえない。新聞には「日本人はなぜこうなったか」とか「世も末である」とかいった識者の意見がたくさんのっているが、戦後の高度経済成長時代に育った私たち世代にとって、やはりおカネは重要不可欠なものだし、おカネの存在ぬきの人生なんて考えられないのである。

ただ、今の「拝金主義」と多少ちがうところは、私たち世代にはつねに「お金の使い道」があったことだ。二十代初めで小さな水商売をはじめた私には、何よりその当時開業資金が必要だったし、商売が一応の成功をおさめると今度は一戸建ての家の建築費用が欲しくなった。何年後かに待望の家と土地を得た私は、自分の好きな画家の絵をあつめた画廊の経営を思い立ち、やがて信州上田における私設美術館の建設へとつきすすむ。つまり、私の「拝金主義」は、いつもそうやって「やりとげたいこと」をめざすためのおカネ欲しさだった気がするのである。

ヒーローの座から一転、容疑者に転落したIT社長は、自分の会社を「世界一の会社」にするのが夢だったそうだし、将来は「宇宙産業」にも進出しようと考えていたそうだ。その点では、私も彼も同じような「拝金」仲間だったといえるだろう。しかし、ほんのちょっぴり異なるのは、今や私は「お金で買えない」仕事のほうに何倍も魅力をかんじているということだろうか。

いつだったか、テレビのスーパーで「拝金主義」が「拝勤主義」になっていたことがあったが、さしずめ私の「拝金」はそっちのほうに近いのかもしれない。

（信濃絵ごよみ396）

わが若狭（一）

昨秋、久しぶりに亡父水上勉が設立した「若州一滴文庫」を訪れた。毎年父の命日に行われる「帰雁の集い」での記念講演をたのまれたからである。

「若州一滴文庫」は、父が昭和六十年、故郷の福井県大飯町岡田に私財を投じてつくった文化施設である。自分の蔵書や生原稿、資料を展示する文芸館、親交のあった画家や作家から贈られた手紙や書画などをならべた絵画館、それに晩年まで情熱をそそいでいた「竹人形芝居」の竹面や木偶を紹介する人形館、またその芝居を上演するための「くるま椅子劇場」までをそなえた広大な施設は、さながらミズカミ・ワールドとでもいうべき「芸術の理想郷」の趣を呈している。父の死後、施設の大半は大飯町に売却され、現在では父を信奉する地元青年たちの手によってＮＰＯ法人として運営されているのだが、その「文庫」が主催する父を偲ぶ会が「帰雁の集い」なのである。

郵　便　は　が　き

料金受取人払

神田局承認

205

差出有効期限
平成19年10月
31日まで

101－8791

509

東京都千代田区神田神保町 3-7-1
ニュー九段ビル

清流出版株式会社 行

フリガナ		性　別		年齢
お名前		1. 男	2. 女	歳
ご住所	〒 TEL			
お勤め先または学校名				
職種または専門分野				
購読されている新聞・雑誌				

※データは、小社用以外の目的に使用することはありません。

「信濃デッサン館」「無言館」遠景
赤ペンキとコスモス

ご記入・ご送付頂ければ幸いに存じます　初版2007・1　**愛読者カード**

❶本書の発売を次の何でお知りになりましたか。
1 新聞広告（紙名　　　　　　　　　　）2 雑誌広告（誌名　　　　　　　　　　）
3 書評、新刊紹介（掲載紙誌名　　　　　　　　　　）
4 書店の店頭で　5 先生や知人のすすめ　6 図書館
7 その他（　　　　　　　　　　）

❷本文の文字の大きさはいかがでしたか。
1 小さすぎる　2 ちょうどよい　3 大きすぎる

❸装丁はいかがですか。
1 よい　2 普通　3 わるい

❹お買い上げ日・書店名
年　月　日　市区町村　書店

❺本書に対するご意見・ご感想並びに今後の出版のご希望等お聞かせください。

■小社にご注文の際、本の料金とは別につぎの送料及び代引手数料がかかります。
※本の冊数にかかわらず、お買い上げ金額が1,500円（税込）未満の場合は送料及び代引手数料として500円、1,500円以上（税込）のお買い上げの場合は200円となります。

書名・著者名	定価（税込）	冊　数
余白を生きる 甦る女流天才画家　桂ゆき	3675円	冊
小熊秀雄童話集　小熊秀雄	2520円	冊
神様が宿る絵手紙！ 徹クン、君の画に惚れたよ　小池徹・小池邦夫編	1680円	冊
マンハッタンのKUROSAWA 英語の字幕版はありますか？　平野共余子	2100円	冊

ご愛読・ご記入ありがとうございます。

私はその日、全国から集まった父のファンの前で一時間半あまり話をさせてもらったあと、慌しく次の仕事先である京都まで自動車で送ってもらったのだが、何年ぶりかでみる若狭の自然は美しかった。父が幼い頃をすごした佐分利川のほとり、山襞にひっそりとうずくまる岡田部落のたたずまい、里山に繁る緑濃い樹々、それらはいかにも「水上文学」の源流を思わせるような裏日本独特の風情をただよわせていた。途中、高速道のパーキングエリアで立小便をしたが、小便しながら深く吸いこむ空気の何と豊潤で美味だったことよ。

　考えてみれば、父水上勉は私にとって、戦時中に生き別れして戦後三十余年たって再会した「奇縁の父」である。その父の故郷がこれほどまでに子の心身をあたたかくつつみこむのはなぜなのだろうか。亡父が私にのこしてくれたものは数多くあるけれども、この若狭の山河もその一つだったかと、私は父の胸元めがけて存分に長小便をしたものだった。

（信濃絵ごよみ397）

わが若狭（二）

父との思い出のなかで、今も「若狭」が鮮烈によみがえるのは、父の母、つまり祖母のかんさんが他界した昭和五十五年二月末、父といっしょにかんさんの遺骸を岡田部落の外れにある「さんまい谷」に埋葬したときの光景だ。

ふりしきるドカ雪のなか、私たちは若狭の伝習にしたがい、かんさんの遺骸を収めた樽型の棺桶をさんまい谷まで運び、他の兄弟たちと埋葬を手伝った。さんまい谷は父の小説にもよく出てくるところで、十数年前に亡くなった祖父の覚治さん（父水上勉の父）や、水上家代々の死者たちの遺骸が眠っている埋葬谷だった。私と父とは黙々とスコップで赤土をすくい、暗い穴の底に入ったかんさんの棺の上にドサリ、ドサリとかぶせた。「母やん、ぬくい若狭の土やで、風邪などひかんとゆっくり眠れや」、睫毛にかかる白い雪の粒を払いながら父がそういっていたのをおぼえている。

あとからきいた話だが、若狭には昔から棺桶の担ぎ手に孫四人がそろうと目出たいという言い伝えがあるそうで、私が二年前に登場した（子の私のほうから名乗り出てきた）ことによって、何とかギリギリで水上家も担ぎ手が四人そろったというわけであった。「誠《セイ》ちゃんが出てきてくれたおかげで、ようやくわしら兄弟の面目が立った」。これは父のすぐ上の兄の享さんの言葉だった。

当然のことだが、父とめぐり会うまでは遠い見知らぬ一地方の風景でしかなかった「若狭」が、晴れて父子となった今はまったく別の色彩と奥行きを伴ってみえてくるのがふしぎである。生前の父は「人間は血縁ばかりでは結ばれない」というのが口グセで、私もどちらかというとその主義に賛成だったが、父が他界した今、たしかに「若狭」が自分にしだいに近付いてくるのをかんじる。「血縁の絆」はこばめても、「血を授った故郷との絆」はこばめないということなのだろうか。

（信濃絵ごよみ398）

入試問題

時々、自分の文章が「入試テスト」の例題に使われることがある。「次の文を読んで後の問いに答えよ」の「次の文」に採用されるのである。

もちろん「入試」の例題という性質上、事前に文章の出題が筆者に知らされることはない。事前に筆者に知らせたら、問題の内容が外部に漏れてしまう心配があるからだ。筆者のほうもそれはわきまえていて、文章が無断で「入試」に使われても文句はいわない。試験が終わったあと、問題の制作者である大学とか予備校とかから連絡をうけて、初めて自分の文章が例題に出されたことを知るくらいだ。謝礼もほんの僅かだが、大抵の筆者はそれにもめったに不満をいうことはないのである。

著作権がやかましくなった昨今なのに、これほどまでに文章を書いた側が譲歩するというのは、それが一般の商業雑誌や新聞ではなく、あくまでも「入試問題」であるからだろう。自分の文章が受験生たちの国語力、読解力を高めるのに少しでも役立つかと思うと、それだけでじゅうぶん満足だし、また「入試」に採用されたということで、何となく自分の文章の格が上がったような気がする作家も多いのである。

ただ一つ情けないのは、自分の書いた文が例題になっているのに、当の筆者が読んでもなかなか正しい答えがわからないことだ。「次の文を読んで後の問いに答えよ」とされている例文（自分が書いた文）を読み、いざ「後の問い」に挑戦してもさっぱりわからないときがある。「この筆者の言いたいことを次の中から選べ」なんて問いがあっても、ちゃんと解答できたためしがない。はて、自分はこの文で何をいいたかったんだろうと、あらためて頭をひねる場合も少なくないのである。

こんな難問を出される受験生は大変だろうな、と思わず同情してしまうくらい自信のない出題者なのだ。

（信濃絵ごよみ399）

診察カード

隠れコレクション、とでもいうべきだろうか、私の鞄には全国各地の病院の「診察カード」が何枚も入っている。

加齢のせいなのだろう、私はよく講演や取材で出かけた旅先で具合が悪くなることがあって、そのたびに土地の病院に駆けこむ。もちろん初めての患者だから、自分の保険証（いつも持参している）を提示して「診察カード」というのをもらう。大抵はもう二どと訪れることのない病院なので（その後は信州の主治医さんに診てもらうので）、私はそれを一期一会の「診察カード」とよんでいるのである。

南は沖縄県那覇市のS皮膚科クリニック、九州福岡のU胃腸科医院、北は北海道札幌のY記念病院、関東では群馬県邑楽町《おうらまち》のK内科医院、高崎市の市民病院、ちょっと変ったところでは宮城県仙台市のM形成外科医院の診察カードもある。そのカード一枚一枚をみていると、それぞれの旅先で診察してもらったときのお医者さんの顔や印象、会話なんかがうかびあがってくる。また、そのときの自分の病状がまるで「旅のカルテ」のように思い出されてくるのである。

一期一会といったが、なかには今でも付き合いのつづいているお医者さんが何人かいる。沖縄のSクリニックもその一つで、最初はたしか原因不明の手の発疹におそわれてご厄介になったのだが、最近では仕事で沖縄を訪れるたびに疲労回復の注射をうってもらいに立ち寄る。ろくろく診察もせず、最近読んだ私の本の感想や、自分の好きな絵描きの話をして、最後に栄養剤の注射を一本してくれるだけのお医者さんなのだが、何だかそれだけでモリモリ元気百倍になるのだからふしぎなのである。

何しろいつも重い鞄を下げて見知らぬ各地を転々とする一人旅である。私の病気の大半は、旅先でおそわれる「孤独病」が原因ではないかと思ったりして。

（信濃絵ごよみ400）

流行歌

世の中から「流行歌」が消えて久しい。いや「流行歌」はあるのかもしれないが、それはテレビやＣＤの業界だけで売れている歌で、本当の意味での「流行歌」はとっくにこの世から消えてしまったのではないかと思う今日この頃だ。

ついこのあいだ、私たち世代にはなつかしい童謡歌手の川田正子さんが亡くなって、いっそうその感を深くした。戦後まもない頃、川田さんの「みかんの花咲く丘」や「鐘の鳴る丘（とんがり帽子）」を聞いて育った私らにとっては、あれこそが正真正銘の「流行歌」だったように思う。やはりすでに故人になられた美空ひばりさんの「リンゴ追分」や坂本九さんの「上を向いて歩こう」もそうだった。東西南北、日本中どこへ行っても同じ歌がながれ、老若男女だれもが同じ歌を口ずさんでいた時代がなつかしい。

つまり「流行歌」というのは、童謡、演歌、フォークソングといったジャンルをこえて、文字通り同じ時代に生きるあらゆる人びとが共有する歌のことをいうのだろう。いくら若い人たちのあいだで何百万ものCDが売れても、それは若い年代層にヒットしただけの話であって、いわゆる「流行歌」になったわけではない。同じ理クツで、どれほど武道館や東京ドームを満員にする人気グループの歌であっても、それは一部の熱狂的ファンに支持されているだけで、けっして全国津々浦々でうたわれる「流行歌」が誕生したとはいえないのである。

おかしいのは、そうした「流行歌」不在の現象が、テレビやインターネット万能の情報時代になってますます顕著になってきたことだ。こんなに歌の番組があふれ、町のあちこちにカラオケ屋さんが建ち、好きな歌のCDを簡単に手に入れることができる時代になったというのに、なぜか私たちは本当の「流行歌」に恵まれない。おじいさんと孫とが声を合わせて歌っていたあの「みかんの花咲く丘」や「リンゴ追分」にはめぐり会えないのである。

（信濃絵ごよみ401）

桜の話（一）

四月は桜の季節である。

私の美術館の桜はまだほんのツボミだが、上田市内の城址公園や千曲川の土手の桜はすでに五分咲きに近い（四月十日現在）。このあいだの日曜日には、どちらの桜の樹の下にもたくさんの花見客が繰り出していた。

ただ、いつも思うことだが、なぜ桜をめでるのに飲めや歌えの宴会をひらかなければならないのだろうか。もっとひっそりと、もっと静かに桜の美しさ愛《かな》しさを味わうことができないのだろうか。私のような「ひっそり派」の花見ファンは、酒盛り派のあつまる「桜の名所」にはなるべく近寄らないようにしているくらいなのである。

比較的そういう花見客のあつまらない桜をさがすなら、やっぱり一本桜ということになるだろう。群生している桜ではなくて、たった一本ポツンと咲いている桜のことだ。美術館の近くにもそんな桜が何本かあって、季節になると私は一人でそこへ自動車をとばす。名もない里山や麓の家の庭先で、毎年私の行くのをじっと待っていてくれる一本桜のいじらしさ！

ところが、このあいだテレビでやっていた「桜」の特番をみていたら、最近ではこうした一本桜にも観光客が押し寄せているのだそうである。福島県三春町《みはるまち》や山梨県武川村《むかわむら》、山形県白鷹町《しらたかまち》といった桜どころにある「一本桜」はもちろんのこと、岩手県雫石町《しずくいしちょう》や小岩井農場なんかにある無名の（？）一本桜にも、旅行社が募集したツアー客が大挙して押し寄せているという。ヤレヤレ、どこかの村外れで人知れず可憐な花ビラをつけている一本桜の根元に、何十人という観光客があつまってケータイ写真を撮ったり、マイク片手にカラオケを歌ったりしているのを想像しただけで唖然としてしまう。

一本の桜と一人の人間が差し向いで静かに語り合う、といったゼイタクは、今の世の中ではなかなか手に入りにくくなっているのだろうか。

（信濃絵ごよみ403）

桜の話（二）

一本桜もいいが、夫婦桜というのも見応えがある。

たとえば私の美術館近くにある泥宮神社の桜がそうで、この神社には昔から「土の神」が祀られていることで有名なのだが、ほんの十坪ほどのせまい境内の一かくに見事なヤマザクラが二本、いかにも仲良さそうに肩をならべて咲いている。人よんで泥宮の「夫婦桜」、私は美術館と駅の行き帰りにこの桜の樹の下のベンチにすわってボンヤリしてくるのが好きだ。

夫婦桜は一本桜とちがって、土の養分を二本の桜で分け合っているわけだから、一本が枯れると、もう一本もすぐに枯れてしまうときいたことがある。たしかにそれはそうで、沃土の恩恵を一人占めできる一本桜より、夫婦桜のほうが相互の助け合い、譲り合いを必要としているといえるのだろう。そんなことを考えると、何だか二本の桜が長年連れそった人間夫婦の姿にも思えてきて、ちょっぴりホノボノした気分になるのである。

　そういえば、八年半前に「信濃デッサン館」の分館としてできた「無言館」の庭にも何本かの桜がある。どの桜も、愛知県豊橋市で造園業をやっている○さんご夫婦が開館記念に植えて下さったもので、毎年恒例の「成人式」がひらかれる四月下旬頃、いっせいに花をつける。そのなかに、やはり館のアプローチ近くに夫婦桜とおぼしき二本の桜があるのだが、小ぶりながらこの桜の花弁の楚々とした美しさは他を圧している。いかにも戦没画学生を慰霊するにふさわしい、どこかに悲しみと愁いとをひめた風情がみる者をたのしませてくれるのである。

　昨年、○さんのご主人は脳出血でたおれられたが、奥さまの必死の看病で奇跡的に死地から生還され、今はリハビリの真っ最中とおききする。そんな夫婦愛のドラマがあるので、○さんの夫婦桜はいっそう美しくみえるのかもしれない。


（信濃絵ごよみ404）

ロス・タイム

とかく人生には「無駄な時間」が多い。徒労というかムダ骨というか、実りのない「ロス・タイム」が多い。

たとえば、忘れモノをしたためにもう一ど家に引き返したり、大切なメモを紛失したために、また一から調査をやり直さなければならなくなったり、そんな経験はだれでもあることだろう。私たち物書きの場合でいえば、長い時間かけてようやく書き上げた原稿が、何かの事情で本にしてもらえなかったり、せっかく遠方まで取材に行ったのに、けっきょくその資料を使う機会がなかったりといったことがよくある。そういう意味からいえば、私なんか日々「ロス・タイム」のオンパレードである。

ただ、そうした「ロス・タイム」がすべて人生の損失であるかといえば、そうともいえない。

その典型が「失恋」である。憧れの女性に恋文を書きデートを申し込み、懸命に自分をアピールしたのに、ついに「失恋」で終ってしまったという思い出は、けっして「ロス・タイム」とはよばない。むしろハッピーエンドで終る恋愛よりも、「失恋」で終る恋愛のほうが、何倍も人生の糧になるということはだれでも知っている。いや、その「ロス・タイム」こそが、恋の醍醐味であり青春の充実であることをだれでも承知しているのである。

物書きの仕事もそうだろう。たとえ結果的にそれを生かすことができなかったにしても、一つの作品を完成させる前の下準備は大切だ。資料を徹底的に読み、現地に足を運び、一人でも多くの証言者を得ることは、物書きとしてのイロハである。同時に、その準備時間にこそ、物を書くことの本当の魅力があるような気がする。

でも、サッカーの「ロス・タイム」みたいに、人間の一生が終るときに何年分かの「浪費した時間」を返してもらえたら、なんて夢想している人はけっこう多いんじゃないかな。

（信濃絵ごよみ405）

「自費出版」

「自費出版」とは読んで字の如し、自分のお金で自分の本を出すこと。私が二十三歳のときに初めて出した詩集も、貯金をはたいてつくった「自費出版」だった。

もちろん自分の本が商業出版社から刊行されるのはうれしいし、その出版社がいわゆる大手で名の知れた会社であれば、何となく一人前の書き手になったような気分になる。だいいち、そうした出版社から出してもらうと、本は全国の書店にならべられ新聞の広告にも出してもらえるので、著者の名がより多くの人に知られるという大きな特典があるのだ。

ただ、「自費出版」には「自費出版」の良さもある。

それは、何といっても書きたいことを自由に書けること。出版社のお世話になれば、当然その社の意向や編集者の意見にも耳を傾けなければならないのだが、自分のお金で本を出すぶんにはそんな気兼ねは要らない。どうせできた本の大半は自分の手元にのこるのだし、だれの眼を気にすることなく、のびのびとペンをとることができる。そういう点では「自費出版」のほうが何倍も書き手として自己燃焼したという実感があたえられるのである。

最近では、そうした「自費出版」の良さをアピールして、しかも一般書籍と同じように新聞に広告をのせ、本の販売の相談にまでのってくれるという出版社もふえている。よく新聞に「あなたの原稿を本にします」と宣伝している「自費出版」代行業者といってもいい会社がそれである。もちろん出版に当たっては、書き手側にそれなりの経済的負担がもとめられるのだが、自分の書いた本が「何々出版社」という発行元から出版される喜びは何ものにもかえがたい。昨今の出版不況下にあって、こうした出版社が続々と名のりをあげている理由もわかる気がするのである。

しかし、それにしても、なぜ人はそんなに「本」を出したがるのだろうか。

（信濃絵ごよみ406）

遺影

縁起でもない話といわれるかもしれないが、私と同年齢、何歳か上の人のなかには、「そろそろ葬式用の写真を撮っておかなきゃ」と考える人が多いようだ。「葬式用の写真」とは、葬儀のときに祭壇に飾られるあの「遺影」のことである。

親しかった人の葬儀に参列して、まず涙がこみあげるのは、「遺影」にむかって手を合わせたときである。祭壇の上からニッコリ頬笑んでいる、あるいは物憂げにこちらをみている、そんな生前の姿に合掌しながら焼香者は故人との思い出にひたり、感謝と哀悼の言葉を語りかける。そういう意味では、葬儀における「遺影」はとりわけ大切な役目を担っているともいえるだろう。

だが、大抵の人は「そのうちに撮っておかなきゃ」と思うものの、なかなか用意できないというのが実状のようだ。だいたい、まだピンピン元気だというのに、死んだときのために写真を撮るなんて心境にはなかなかなれない。死んだ気になって（？）

ニッコリ笑ってポーズをとったり、ちょっぴり深刻そうな表情をしたりするのは何となく気が重い、という人が大半なのである。

したがって、ほとんどの「遺影」は、生前に何気なく撮影された写真のなかから遺族の手で選ばれるといったケースが多い。なかには適当な写真がなくて、団体旅行で温泉に行ったときのとか、カラオケ大会でご機嫌で歌っているときのものなどが飾られたりする。むしろそのほうが、息災だった頃の故人のごく自然な姿が偲ばれていいではないか、という意見もあるのである。

もっとも、葬儀の「遺影」にあんまり若い頃の写真が持ち出されるのだけはイタダケナイ。合掌しながら、思わず「コレ何歳ぐらいのときだろう」なんて考えてしまう写真もある。やはり「遺影」なのだから、ほんの少しは晩年の故人の面影がある写真でないと、手を合わせる焼香者のほうもしみじみとした思い出にひたれないのである。

(信濃絵ごよみ407)

「無言忌」（一）

私の営む戦没画学生慰霊美術館「無言館」では、毎年六月初めの日曜日に「無言忌」をひらく。館に画学生の遺作や遺品を預けて下さっている全国のご遺族が、年に一ど顔を合わせる恒例の行事である。

「無言館」は今年で開館九年め。したがって「無言忌」も今年は第九回をむかえるわけだが、毎年参加して下さるご遺族の数が減ってゆくのがさみしい。それも当然で、戦没画学生のご遺族の多くはすでに鬼籍に入られ、たとえご健在であっても七十歳、八十歳といった高齢になられていて、今や遠い信州の美術館までやってくるのが難儀になっているのである。

鹿児島県種子島出身の日高安典は、昭和二十年にルソン島で二十七歳で戦死した画学生だが、その弟の稔典さんは毎年「無言忌」にくるのを「兄の墓参りのつもり」とおっしゃっていた。その稔典さんが、昨年の第八回「無言忌」の直前に急逝されたときいたときには、何だか肩から力がぬけたような気がした。他のご遺族たちからも、稔典さんは「無言忌」のリーダーのような人、といわれて慕われていたのに。

昭和十八年にニューギニアで二十六歳で戦死した画学生伊澤洋の兄の民介さんが、「無言館」開館三年めの春に他界されたのもショックだった。民介さんは「無言館」の建設がまだ具体化されていなかった頃からの応援者の一人で、「いつか無言忌に出席したい」といっておられたのだが、結局その希《ねが》いもむなしく亡くなられた。ご親族の話では、ご本人は「弟の絵を無言館に預けたことで自分の役目は終った」といわれていたそうなのだが、私には「戦争で大事な弟をうばわれた悲しみを今の時代の人たちに伝えたい」ともいわれていた。

「無言忌」は、戦没画学生のご遺族が語る数々の「証言」が消えてゆく場でもある気がするのだ。

（信濃絵ごよみ408）

「無言忌」(二)

「無言忌」には、「無言館」の生みの親である画家の野見山暁治さんも姿をみせる。野見山さんは当年八十五歳、戦地から生還された野見山さんが「戦死した仲間の絵が忘れ去られてゆくのがツライ」とおっしゃった一言に私が感激し、その後三年がかりで全国のご遺族宅を訪ねてつくったのが「無言館」だった。だから野見山さんの「無言忌」への出席は、私にとっては年に一どの「父兄参観日」といった趣もあるのである。

実際、ご遺族のなかには野見山さんとの再会をたのしみにされている人も多いようだ。それも道理で、野見山さんはじかに戦死した画学生を知っている人だし、あの時代の思い出をご遺族と共有できる人でもある。ご高齢のご遺族が不自由な身体をおして「無言忌」に出てこられるのも、野見山さんと存分に「あの時代」を語り合いたい思いがあるからなのだろう。

しかし最近では、「無言忌」の参加者がだんだん若くなっていることも事実である。戦没画学生の親族が、「無言館」の存在を若い姪御さんや甥御さんに宣伝してくれて、かれらを「無言忌」に同行して下さっているからだ。今や「戦争を知らない」世代が国民の何分の一かを占めているそうだが、いかに「無言館」を次代の若者たちに伝えてゆくか、画学生の血縁者が真剣に考えてくれている証拠だろう。

同時に、どれだけ正確に「無言館」の役割や使命を伝えてゆけるかは、館主である私の双肩にもかかっている。変な言い方だが、「戦争を知らない」世代に「無言館」の意義を知らせてゆくことは、やはり「戦争をほんのチョッピリ知っている」(?)私らの世代に科せられた義務であろうとも思うのだ。

毎年「無言忌」の日がやってくるたびに、野見山さんから託されたバトンの重さを実感するのである。

(信濃絵ごよみ409)

「芝居仲間」

私は昔、ほんの少し演劇をかじっていたと書いたことがあるけれども、最近になって当時の「芝居仲間」とたてつづけに再会した。

一人は秋田市の繁華街で小さな酒場のママになっているJさん。Jさんは私より何歳か下の人だが、たまたま講演で秋田を訪れたとき、新聞社の人に案内されて行ったのがJさんの店だった。Jさんは私が二十二、三歳頃にやっていた小劇団に参加していたことがあって、彼女の言によれば「一どでいいからクボシマさんと共演してみたかった」のだそうな。

Jさんはしばらく新宿の小劇場で活動していたのだが、何年か前にガンを発症したのを機に郷里の秋田にもどって療養、しばらくして酒場を始めたのだという。しかし、手術後五年をへて再発の危険を何とか脱した今、ふたたび東京で演劇を再開したいと考えていると語っていた。「もし東京でお芝居をやることになったら連絡して」

といって別れてきたのだが、今では本気で彼女の「舞台復帰」を待ちわびているところなのである。

もう一人は、同じ長野県のM市で石彫業を営んでいるS君。S君もほとんど私と同年配だが、やはり青春の一時期、いっしょに劇団をつくっていた仲間だった。若い頃から、渋い中年役をやらせたら天下一品の男で、たしかオズボーンの「怒りをこめてふりかえれ」や清水邦夫の「真情あふるる悲しみに」なんかで好演していたのをおぼえている。講演先にふらりとやってきたS君の、昔とちっとも変わっていないヨレヨレGパンにハンチング帽の姿が懐かしかった。

そのS君に先日、私の「無言館」の慰霊碑に画学生の名を刻む仕事をやってもらったのだが、（当然のことながら）本業のそっちのほうの腕もなかなかのものだった。S君は今、M市でアマチュア劇団をやっているので、石彫で稼いだ分はほとんどその運営につぎこまれるとのことだ。

とうに芝居の道など忘れていた私の眼に、そんな万年演劇青年S君の姿が何とまぶしくみえたことよ。

（信濃絵ごよみ411）

屋号

私が昭和三十八年に開業した酒場の屋号は「塔」だった。当時、気鋭の日本画家として活躍されていた横山操画伯（四十八年に五十三歳で没）の同名の作品に魅入られて、それをそのまま屋号に頂戴したのだが、この「塔」はチェン店が五軒になるまで出世した縁起のいい屋号だった。

現在、私は世田谷・明大前の「キッド・アイラック・アート・ホール」の地下に「槐多《かいた》」というカフェを営んでいるが、これはご存知の通り、私が青春時代から血道をあげている大正期の夭折画家、村山槐多から命名した屋号である。店内には槐多の画集や詩集とともに槐多の本モノのデッサンが何点か飾ってあって、槐多を知っている来店者は「エッ、これ本モノ？」と眼を丸くする。二十二歳で夭折した槐多の作品は油絵、デッサン、水彩画をふくめて百数十点ほどだから、「こんなところに槐多が」と驚くファンがいるのは当然かもしれない。

屋号といえば、何かの本に「蟹工船」という蟹の専門店がのっていた。「蟹工船」ときけば、だれだって小林多喜二のプロレタリア文学の名作を思い起すだろうが、どうやらこの料理店はまったく関係がないらしく、板さんに小林多喜二のことをきいてもさっぱり反応がないそうで、宴会コースには「札幌」「小樽」「積丹」……北国ムードたっぷりな呑気な蟹料理のメニューがならんでいる。多喜二が描いた帝国主義下の悲惨な労働現場、国家権力の横暴、漁夫たちの「おい地獄さ行《え》ぐんだでぇ」の悲愴な叫びなどこれっぽっちもかんじさせない、いかにも泰平享楽の現代を象徴するかのような大衆酒場の趣だとのことだ。

そういえば、あれは大阪ミナミの盛り場だったろうか、酔っぱらって歩いていたら「人間失格」というバーの看板が眼に入った。ちょうど自己嫌悪が頂点に達していたときだったので、屋号をみただけでグッとくるものがあったが、あのお店は太宰治ファンのマスターかママさんがやっていたのかもしれない。

二、三ど行ったり来たりして、とうとうドアを押す勇気がなく帰ってきてしまったけれど。

（信濃絵ごよみ412）

「病牀六尺」（一）

過日、神奈川県立近代文学館で開催中の「中野孝次展」を観に行った。一昨年七月、七十九歳で亡くなられた作家の中野孝次さんは、私にとっても色々とご指導いただいたご恩のある方で、とくに二十年近くつづいた長野県須坂の古刹浄運寺での「無名塾」という講演会には、中野さん、文芸評論家の秋山駿さんともども私も講師として招かれていた。その中野さんのデビュー作『実朝考』から『ブリューゲルへの旅』、大ベストセラーとなった『ハラスのいた日々』『清貧の思想』をへて絶筆『セネカ現代人への手紙』にいたるまでの、文字通り日本文学の屋台骨をささえた生涯をふりかえる展覧会は見応えがあった。

なかでも一番心惹かれたのは、中野さんが二〇〇四年二月にガンを発症されてから綴った『ガン日記』である。

そこには医師から「余命一年」と宣告され、その失意の床で古代ローマの哲人セネカの「すべての運命を受け入れよ」という言葉に励まされ、導かれ、あたえられた残り時間を精一杯心豊かに生きようと決意する中野さんの強い意志がきざまれていた。「もしセネカに出会わなかったら、自分はこんなにも平静ではいられなかったろう」という中野さんの述懐には、人間にとっての「言葉」がいかに生きる糧になり得るかということが示されているのだった。

　そのときふと思い出したのは、正岡子規の『病牀六尺』だった。『病牀六尺』とは、子規が新聞「日本」に一九〇二年五月五日から死の前々日である九月十七日まで連載しつづけた「病床随筆」の名品で、子規はそのなかでいくども「絶境、号泣」「だれかこの苦しみを助けてくれないか」と訴え、しかしいっぽうで新聞雑誌の片隅にみつけた事件や出来ごとにするどい舌鋒をあびせている。また、気の趣くままに床の上で絵筆をとり果物や草花の写生にはげむ。つきることのない好奇心と知識欲をもって、子供の教育論から世相全般に対する警世と警句にみちた言葉を綴りつづける。

（信濃絵ごよみ413）

「病牀六尺」（二）

『病牀六尺』の冒頭――「病床六尺、これが我世界である。しかもこの六尺の病床が余には広過ぎるのである」はあまりにも有名だが、この「六尺」は単に病床の狭さをいうのではなく、人間にあたえられた「存命の時間」を表しているのではないかと考えることがある。人間の一生はいかにも短くて儚い。その短い人生のなかで自己の思索を深め、その心情を言葉にすることがいかに生きる勇気につながるか、いかに自分にとって「書くこと」が重要な生命源になり得るかを、子規は『病牀六尺』を通じて伝えようとしたのではなかろうか。

子規の病は、国木田独歩や石川啄木や樋口一葉を早逝させた「結核」だった。その死病のおよぼすあらゆる苦しみ、痛みに耐えながら子規は『病牀六尺』を書きつづける。連載が百回をこえたとき、子規は「半年以上もすれば梅の花が咲く」といって、自らが半年後もその連載をつづけて春をむかえるであろうという期待を吐露する。しかしその希《ねが》いも叶わず、ついに百二十七回をもってその終焉がやってくるのだ。

子規の病状がしだいに悪化し、新聞が『病牀六尺』の休載を申し出たとき、子規は「僕ノ今日ノ生命ハ『病牀六尺』ニアルノデス。毎朝寐起ニハ死ヌル程苦シイノデス。其中デ新聞ヲアケテ病牀六尺ヲ見ルト僅ニ蘇ルノデス」と訴えたという。その訴えは、とりもなおさず子規にとっての「書くこと」への執着、生への執着を表すものであったろう。死を目前にして尚も、眼に入る万物を写生しようとする心、世の中の変々をとらえようとする批評精神は、些かも衰えることを知らなかったのである。

神奈川県立近代文学館で中野孝次さんの「ガン日記」にふれたとき、私は子規の『病牀六尺』を読んだときと同じように、中野さんから「書くこと」と「読むこと」の意味をつきつけられた気がした。そして、自分の人生にあたえられた「六尺」の狭さを今さらながらに自覚したのだった。


（信濃絵ごよみ414）

初携帯

初めてケータイ（電話）をもたされた。「もたされた」というのは、私の健康を心配した家人が「発信専用に」と買ってくれたからである。

私に最初にケータイをすすめてくれたのは、作家の加賀乙彦先生だった。加賀先生はご自身が精神科医であるせいもあって、体調の管理には大変気を付けておられるそうなのだが、持病に「心臓病」をおもちとのこと。で、いつおそってくるかわからない発作のために、一年ほど前からケータイをもつようになったというのだ。テレビなんかでよく宣伝している超簡単な機器で、ボタンのどれかを押せば「今倒れた」だとか「救急車を頼む」だとかいう文言が家族に伝わるという便利なヤツである。

私も「心臓病」をもっているので、加賀先生の忠告はありがたかった。なるほど仕事先（旅先）などで急に発作がきた場合、ボタン一つで救急車がやってきてくれるにこしたことはない。私の場合はすぐに「家族」というふうにはゆかないだろうが、信州の美術館や東京の事務所に連絡を入れれば、それなりに手配してくれるだろう。私もさっそく一台、加賀先生と同じようなのをもってあるくことにした。

だが、いざ携帯してみると何となく煩わしい。もちろん私のケータイはいつもＯＦＦにしてあって、どこからも連絡が入らないようにしてある「発信専用」なのだが、それでも持参しているだけで無気味な感じがする。突然何かの拍子に、ポケットのケータイが大音量で鳴り出すんじゃないかとか、妙な不安にかられて落ち着かない。大体、スイッチ一つ入れれば、外界の人間といつでも自由に話ができるなんていう機械を、どこへ行くにももちあるいていること自体が無気味なのだ。きっと首に電波の発信器を取り付けられた月の輪グマや、研究用に放たれている野猿たちの気持ちもこんなものなのだろう。

どっちにしても、ケータイは「心臓病」にはあまりよくない気がする。

（信濃絵ごよみ415）

支援者

ごくたまにだが、旅先で見知らぬファンから声を掛けられることがある。美術館のある長野県内ならいざ知らず、遠い北や南の町でも私の顔を知っている人がいることに驚く。つい「悪事千里を走る」なんて不吉な言葉まで思いうかべてしまう。

考えてみれば、新聞や本は国内どこにでもとどいているのだし、美術館の館主だって一種の人気商売にはちがいないのだから、どこで声を掛けられても幸せに思わなければならないのだが、やはり見知らぬ土地で「サインを」なんていわれると戸惑ってしまう。大抵「芸能人じゃありませんので」などと言い訳して勘弁してもらうのだが、それでも熱心に頼まれると仕方なく手帖の隅か何かにサインをして手渡す。そのとき、私を知らない通行人が怪訝そうな顔をしてこちらをみているのが恥ずかしい。

先日は、所用で出掛けた北海道北端の稚内駅で上品な中年婦人に「クボシマ先生ですか」とよびとめられた。きけば、稚内市在住のこの女性は私のファンというより

「信濃デッサン館」のファンなのだという。私が二十七年前に上田市に「信濃デッサン館」を建設して以来、もう十回近くも館を訪ねてくれているそうで、最近も一人娘さんが美術大学に入学したのを記念して、母娘二人で信州旅行をしてきたばかりなのだという。

女性は新聞に「信濃デッサン館が今年で閉館」と報じられていたのを読んでひどく心配されていて、別れしなに「どうかがんばって下さいね」「館の灯を消さないで下さいね」と何どもいっていたが、私はこうした遠い土地にもこれほど熱い思いをもった支援者がいたことに感激した。そして、こういう人びとがいる以上、そんなに安易に館を閉じることはできないなと思ったものだ。もちろん地方の支援者だけのことをいっているのではない。北の涯ての小さな駅での一ファンとの出会いは、自分の美術館をささえてくれる全国の無数の支援者たちの存在をもうかびあがらせて私を涙ぐませたのである。

（信濃絵ごよみ416）

桜井哲夫さん

群馬県草津町にある国立ハンセン病療養所「栗生楽泉園《くりゅうらくせんえん》」に詩人の桜井哲夫さんを訪ねた。桜井さんは十七歳でハンセン病を発病、三十三歳で失明、八十二歳になる今日までずっと楽泉園で暮してきた。その差別と孤独に嘖《さいな》まれた人生は、桜井さんが綴ってきた「風倒木」や「おじぎ草」といった名詩の数々に昇華されている。

桜井さんとは何年か前、私の美術館で講演してもらったのがきっかけで親しくなった。講演といっても、桜井さんには声帯がないので、呼吸の合間に微かにもれる摩擦音を同行の金正美《キムチョンミ》さん（桜井さんとの十年におよぶ交流を「しがまっこ溶けた」という本に纏めた在日三世のエッセイスト）に通訳してもらう形式だったのだが、桜井さんの静かに語る「詩」と「人生」の奥深さは、私たちの心をゆさぶった。何より桜井さんの「らいは私の人生」「らいは私のすべて」「らいがなければ私の人生はなかった」という言葉は、どれほど闇の底にあっても希望を紡いで生きる人間の「生命の尊厳」を伝えて胸が熱くなったのだった。

楽泉園での桜井さんの生活は穏やかそのものだった。桜井さんは一日じゅう、自室の四畳半で黙想にふけっている。全盲、全身知覚マヒ、そして両手指のない桜井さんは、ただただ自己の内面との対話に没頭する。「人間の想像力というのはスゴイものです」「眼がみえぬとか指がないとかいう不自由は想像力のない不自由さとくらべれば屁みたいなもの」「この四畳半に坐っているだけで私には世界のすべてがみえるんです」。桜井さんの言葉の悉くが、現代を生きる私たちの精神のいかに脆弱で貧困かをうかびあがらせて打ちのめされる。

平成八年四月に「らい予防法」が廃止され、全国のハンセン病患者に僅かな保障金が支給されることになったのは周知の通り。桜井さんはそのお金でローマに行って法皇と接見し、それを自らの人生の終着点にするのが夢なのだという。

（信濃絵ごよみ417）

金正美《キムチョンミ》さん

私を詩人桜井哲夫さんの暮す栗生楽泉園《くりゅうらくせんえん》に案内してくれたのは、桜井さんとは十年来の「師弟関係」にある金正 美《キムチョンミ》さんだった。金さんは十九歳のとき大学の卒業論文のテーマに「ハンセン病」を選び、構内の掲示板にあった一枚のチラシを頼りに桜井さんを訪ねる。崩れた顔、白く失明した眼、指のない両手、正直のところ金さんは最初、怖ろしくて桜井さんの顔を正視することさえできなかったそうだ。しかし楽泉園を辞するときに、桜井さんが発した次の一言が金さんの胸を刺す。

「私は幼い頃から、らい患者に対する世間の差別と闘ってきた。でも、この世の中には自分が社会から差別されていることさえ感じぬまま生きている人がたくさんいる。貴女がこれから在日三世として強く生きてゆくためには、私が受けた以上の差別や偏見と向き合う覚悟が必要だと思う」

じっさい、朝鮮学校から一般大学にすすみ何不自由なく日本で育っていた金さんは、それまで自分の「在日コリアン」としての立場をあまり深く考えたことがなかったという。だが、桜井さんのその一言は、その後の金さんの生き方に大きな影響をおよぼした。日本という国が金さんの母国に対して行ってきた差別の歴史、その朝鮮民族の血続者として生きてゆかねばならぬ自らのアイデンティティ。桜井さんと出会ったことで、金さんは初めて自分の置かれた「人間としての位置」と正面から向き合うことができたというのだ。

何年か前、金正美さんは桜井哲夫さんと「孫と祖父」の関係を結んだ。もちろん二人の間に「血縁」などないのだが、どちらから申し出るともなく金さんと桜井さんは「二人だけの条約」を結んだのだった。最近、桜井さんが写真家鍔山英次さんとともに出版したフォト・ポエム集『津軽の声が聞こえる』の最後に金さんは書いている。「私にとって大好きなハラポジ（祖父）との出会いは、たった一つの奇跡の出会いでした」と。

（信濃絵ごよみ418）

涙と笑い

年のせいで涙腺が弱くなった証拠なのだろう。新聞の美談記事をよんだり、テレビの親子再会ニュースをみたりするだけで、すぐに感激して涙が出てくる。映画のラストシーンに涙して、恥ずかしくていつまでも席を立てなかったことなど再三である。だが、「涙モロクなった」という言葉はあっても、「笑いモロクなった」という言葉はあるのだろうか。

最近講演をしていて気付くことは、やたらとこちらの話に笑う人が多くなったことだ。もちろん話の内容によっては、それが面白ければ笑うのは各人の自由なのだが、どう考えてもおかしいところではないのに大笑いしている人がずいぶんいる。まるで「今日は笑いに来たのだから笑わなければソン」といったふうに、こちらの一言一言にゲラゲラ、クスクス、ニヤニヤ、ずっと笑いつづけているのである。

先日は、こちらはむしろ深刻に受け取ってほしい話だったのに、何人かのお客がクスクス笑ったので、思わず「どこがおかしいのですか?」と尋ねてしまった。すると、その私の問いにもお客さんはクスクス笑っている。私と同じくらいの年齢のオバサンだったが、やっぱり彼女も年のせいで「笑いモロクなった」のだろうか。

大体、最近はテレビの落語や漫才などをみていても、なぜおかしいのか理解不可能なところでの笑いが目立つ。昔の落語家や漫才師の芸にはれっきとした「笑いのツボ」があって、観客もそのツボを心得て哄笑し、失笑し、苦笑したものだが、それがいつのまにか笑うための笑いというか、ときとして芸人さんに阿《おもね》ているようなワザとらしい笑いが蔓エンしているのである。

近頃『国家の品格』という本が売れているそうだけれど、品格のある涙、品格のある笑いも世の中から少なくなってきたな、とかんじる昨今である。

(信濃絵ごよみ419)

旅

「人生は旅だ」という言葉をよくきくけれども、では本当の「旅」とはどういう「旅」なのだろう。

たとえば私のような仕事をしていると、全国あちこちから講演に招かれる。九州を訪れた翌日に北海道、なんてこともある。いつだったか、外国の大都市から帰った日、そのまま山陰の山奥の町に直行したこともあった。大体年の半分くらいは、そんな「旅の空」にあるといってもいいだろうか。でも、当の本人はいっこうに旅をしているという気分になれない。決められた時間に決められた場所に行かねばならない講演旅行は、やはり純粋な「旅」とはいえない気がするのである。

だから、しょっちゅう講演をしている作家先生が対談や随筆のなかで「自分は旅人です」なんていっているのをきくと、この先生はその旅行代をどこから捻出しているのだろうと疑ってしまう。本当に行きたいところがあるのなら、それは自分のお金と時間を使って行くべきじゃないだろうか、それがホンマモンの「旅」なんじゃないだろうか、などとイジワルク考えてしまう。

逆に、ごく平凡なサラリーマンが定年退職したあと、苦労をかけた奥さんと連れ立ってどこかへ一泊か二泊の旅行に出かけるのをみると、何だかホッと心が安らぐ。たとえそれがごく近くの温泉地であろうと、ありふれた観光地であろうと、その人にとってはそれが「人生の旅」の終着地だったのだな、といった気持ちになる。そこには、その人が長年勤めあげたサラリーマン時代の何十年もの歳月が積算されていて、たとえ一、二泊でもその人の「人生の旅」のゴールであるような気がするのである。

そう考えると、私などはまだ一どもそんな旅をしてこなかったなと思う。いつもどこかに「目的」や「役目」をもった旅ばかりだったなと思う。

せめて一生を終るうちに、本当の意味での「旅」、しみじみと自分の人生をふりかえる「旅」をしてみたいと思っているのだけれど。

（信濃絵ごよみ420）

第二章　父の肖像

父水上勉とすごした信州の日々

父の初七日が近い。

ここ数ヶ月の急速な衰えぶりから、近々その日がくることは覚悟していたのだけれど、ごく少数の近親者で密葬をすませて、その人の遺骨をかかえて帰ってきた今は、たとえようのない喪失感とふしぎな安堵感とが私をおそっている。

私と父水上勉とは、戦時中に生き別れしていて戦後三十余年たって再会した奇縁の父子だった。私は父との再会後まもなく、この信州上田に私設美術館をつくり、それまで軽井沢を仕事場にしていた父が隣村の北御牧《きたみまき》（現・東御市《とうみし》）に引っ越してきてからは、折にふれて互いの住まいを訪れて食事をしたり雑誌の対談をしたりした。父は肉類が好きだったので、たまに上田の町に出てステーキを食べることもあった。文学の話、美術の話、美術館の将来の話、私たちは三十余年の空白をとりもどすように語り合い、笑い合い、飲み合った。

だが、私は父を文学、芸術上の師と仰ぐことはできても、とうとう一ども「父」として認識することはできなかった。私には戦後の混乱のなかで自分を育ててくれた戸籍上の実親である養父母がいたし、希《のぞ》まれもしないのに自分から名乗り出てきた「籍外の子」という後ろめたさもあった。だれよりも色濃い芸術の血を授かりながら、それによってもたらされた自我の分裂にもがき苦しむ私にとって、父は終生「愛憎の人」というべき存在だったのかもしれない。

ただ、あれは二どめの脳梗塞でたおれる前だったろうか、冬の北御牧で二人でストーヴに薪をくべていたとき、

「誠《セイ》ちゃんはわしのことを恨んどるのやろな」

戦時中に私を手放したことについて、ポツリとそういったことがあった。

「おまえからどんなに成敗をうけても文句のいえん父親や」

私は聞こえぬふりをして黙っていたが、上田に帰ってきてから泣いた。後にも先にも、あのときだけは父は正真正銘私の父であり、あの戦時下の焼け野原から重い咎《とが》の荷を背負って生きてきた一人の孤独な文士にちがいなかった。そんな父に、三十余年をへて、今も素直になりきれないでいる自分のエゴが悲しくて泣いたのだ。

でも、もうそんなことはどうでもいい。冒頭に安堵感というような言い方をしたけれども、十数年前に養父母を見送り、四年前に生母を失った私には、自らの出自を知る唯一の血縁者である父の死は、いわば「戦災孤児」としての自分の半生からの決別を意味する。とうに還暦をすぎた不肖の子は、これまで父が歩いてきた果てない原罪の道を、同じように自分一人の手で切りひらいて生きてゆくしかないのだから。

対面した初めての夜、二人で歩いた軽井沢の森、勘六山《かんろくやま》の山荘からながめた遠い花火。今はただ、父とすごした信州での思い出の一つ一つを、かみしめるように胸の奥に甦らせている日々なのである。

『信濃毎日新聞』二〇〇四年九月十四日

父の肖像（一）

父が逝って一年半になる。父という人がどういう人だったのか、皆目わからぬうちにサッサと旅立たれてしまったかんじである。私の心のなかで、父は今もナゾの人のままだ。

父と私の姓がちがうのは、私が戦時中、生父母と生き別れし養家に出された子（戸籍上は窪島家の実子）だからである。父と別れた当時、私は二歳と十日、戦後三十余年たって再会した（私のほうから探し当てた）ときには三十五歳になっていた。したがって、八十五歳で逝った父とは、差し引き二十七年間しか「父子」ではなかった計算になるのである。

しかも、私たちは再会してからもお互いに仕事に追われ、年に二、三ど食事をともにするくらいの付き合いだった。別に他人行儀だったわけでも、父子断絶だったわけでもなく、会えば意気投合して文学論、美術論に花を咲かせ、夜おそくまで飲んだり語ったりした仲なのだが、父子二人でゆっくりと時間をすごす機会は少なかった。北《きた》御牧《みまき》（現・東御市《とうみし》）の父の仕事場で会うときも、また、父のほうから同じ信州の上田にある私の美術館を訪ねてくれるときも、大抵そこには編集者やお手伝いの方々が同席されていたので、父子水入らずで話をするなんてことは、ほんの数えるほどだったのである。

　父に死なれた今も、私の「父の肖像」が半欠けの状態のままなのは当然といえば当然なのかもしれない。

　父は「女出入り」のはげしい人だったようだ。

　ようだというのは、私は別に父の逢い引き現場に居合わせたわけでも、はっきりした情事の確証をつかんでいるわけでもないのだが、父の書いたものや、日頃人前で語っていた話などを繋ぎ合わせると、やっぱり父が人並み以上に「女性にモテる」作家だったことは間違いなさそうなのである。

　昭和五十二年六月、私が初めて父の前に登場してから何日かした晩、当時東京の渋谷で小さな画廊を経営していた私が、商売上の付き合いのあったある女流画家の名を

出したところ、とつぜん父が、

「誠《セイ》ちゃん、お前、その画家さんと何かあったんやないやろな」

深刻な顔でそう尋ねたのでびっくりした。

下世話な表現で恐縮だが、父はそのとき大真面目で「親子どんぶり」（父と子が同じ女性と情交をもつこと）の心配をしたらしいのだ。戦時中に離別していて三十余年ぶりにひょっこりと姿を現した実の子にむかって、わが瞼の父が発した言葉としては甚だ不謹慎といわねばならなかったのだが、私はそのとき、父の質問の真意をつかめずに、

「一ど展覧会をひらいてもらったのですが、なかなか評判のいい絵描きさんでしたよ」

今考えると、何ともトンチンカンな答えをしたものだった。

つづいて、こんなこともあった。

これも私が父と出会う前に、あるテレビの美術番組を通じて親しくしていた女優さんなのだが、この女優さんがたまたま父の故郷の若狭でグラビアの撮影か何かをすることになった。私が何となくそのことを父の耳に入れると、

「あの娘《こ》はのう、昔、私と京都でよく遊んどった娘や」

遠い日を懐かしむように眼を細めた。

そして、

「あの娘が誠ちゃんと親しかったとはのう」

心底それが意外だといった表情をし、

「おまえもどうせ、親のDNAを引いとる子なんやろうから」

何だか意味深な発言をした。

結局、この女優さんはその若狭での撮影がきっかけで父との親交が復活したらしく、それっきり私のところへは何の連絡もしてこなくなった。

親鷹が仔鷹の餌を盗む、とはこういうことをいうのだろう。早い話、私は見事にふられたのである。

有名作家の父と再会したとき、私は幸運を射止めたシンデレラボーイ（？）のようにマスコミで騒がれたものだったが、正直、父があまりにモテモテの美男文士だったために、こんな割に合わない災難にも遭わなければならなかったのである。

父は女性にもモテたが男にもモテた。

いや、男の場合はモテたというより、父のそのふしぎな多面的人間性というか、何ともいえない「男の色香」に惹かれて傾倒していった人が多かったようだ。

「男の色香」が最も発揮されたのは、父の絶妙な話芸であったように思う。

父は文芸の人であると同時に、聴く者を惹きつけてやまない卓抜した話芸の人でもあった。対談、鼎談、座談、独り語り……ことに北御牧の家で親しい人と食事したあとなど、トツトツと語る「世間話」は絶品だった。時の首相の喋りグセから、巷間で話題になっている男女優のスキャンダル、そこに道元《どうげん》、親鸞《しんらん》、古河力作《ふるかわりきさく》といった歴史的偉人までが巧みにシンクロナイズされる〝ミズカミ流〟「世間話」には、ただただ時間を忘れて聴き惚れてしまう魅力があった。父の周りに集う男性陣には、父のそんな独演を楽しみにしていた人が多かったのではなかろうか。

いつだったか、父とは永年コンビを組んでいる編集者の方が、

「ベン（勉）さんの喋りは、そのまま作品になる」

そう感嘆していたことを思い出す。

父はもともと講演の名手で、他文士に「ベンちゃんのあとで話すのはごめんだよ」

と敬遠されていたほどなのだそうだ。それだけに晩年の何年か、二どの心臓発作ですっかり「言葉」をうばわれた父をみるのはせつなかったが。

『かまくら春秋』二〇〇六年四月号　かまくら春秋社

父の肖像（二）

さて、男にも女にもモテた父だったけれども、その父にもまるで「敵」がいなかったわけではない。いつの世にも色男に「敵役《かたきやく》」は付きものである。

父が死んだあと、私のところには全国の父のファンから数え切れないくらいの弔文や哀悼の手紙がとどいたが、その大半は父の生前の偉業をたたえ、その作品にどれだけ自分が魅了され鼓舞されたかといった内容であった。が、そのなかに若い頃の父と親しかったという静岡在住のある老作家が、自分の主宰する同人誌に書いたこんな文章を送ってこられた。

「昭和二十七年、勉君三十三歳、私三十六歳の頃、私は彼より一足早く講談社の『少年クラブ』などに書いていた。当時の作家志望者は多く、まず金になりやすい子供物を手がけては口を糊していたが、勉君の作品は、憚りながら私が仲介しても一向に売れなかった。その後やっと一冊、『世界の文学』なる単行本が、新興出版社のあかね書房から出せたくらいであったろう。以後勉君は、一時凌ぎの売文の子供物は見限り、食えても食えなくても本望の大人物《おとな》、さらには純文学の修業にもどった。彼のその修業は、作品その物の勉強は二の次で、まず如何にしたら文壇に、新聞雑誌界に認められるかの手段、あるいは打算の実践であった。たとえば、先輩作家に取り入るため囲碁将棋の相手はもちろん、按摩の役まで買って出た。そして私小説から始め、世に推理小説時代がくると、その部門に鞍替えして励んだ。幸いその努力が実を結び、直木賞にありついた」

——「去る九月八日、二十代からの親友である水上勉君が物故した」ではじまるこの文章には、修業時代の父の姿をごく身近かにみていた文学仲間だけが知る父の実像というか、知られざる若き日の父の姿がとらえられていたといっていいのだが、同時にそこには、作家氏が同業の仲間に対して抱いているいくぶんの非難とヤユがこめられていることもじじつだった。早い話、父の予想外（？）の大出世ぶりに対する作家氏の何とも承服しがたい反目というか、文学の本源を忘れて売名渡世にあけくれていたという父への反感みたいなものが、文章のそこかしこにあふれているのである。

だが、数多く私のもとに寄せられた便りのなかで、老作家が送ってくれたこの文章ほど、私の心のなかの父親を魅惑的にみせたものはなかった。

たしかに作家氏のいう通り、当時の父が「如何にしたら文壇に、新聞雑誌界に認められるか」に腐心し、「先輩作家に取り入るため囲碁将棋の相手はもちろん、按摩の役まで買って出た」というのは本当のことだったのだろう。「子供物」から「大人物」へ、「推理小説」から「純文学」へと忙しく鞍替えした変身ぶりも、作家氏にいわせれば、いささか無節操な針路変更ということになるのかもしれない。そこからは、なりふりかまわず文学業界にすがりつき、その道で身を立てようと悪戦苦闘していた若き父親の、文字通り「打算の実践」と蔑《さげす》まれても仕方のない処世の日々がうかんでくるのである。

しかし、私はこれを読んで、そんな父がたまらなく好きになった。

今まで「文豪」とか「大作家」とかよばれていた雲上びとの父とはちがって、ここには私の手がじゅうぶんにとどく父がいるのだった。貧しい肺病生活から立ちあがって、必死に文学でメシを食おうとしていた父の姿には、どこか高度成長時代を無我夢中で生き泳ぎ、ひたすら貧困からの脱出を夢みていた窪島誠一郎の人生が重なるような気がした。ただやみくもに、社会や世間から認められたい、庭つき一戸建ての主《あるじ》になりたいともがいていた私の半生は、ああ、やっぱりこの父からあたえられたものだったか、ということをあらためて教えられたのだ。

私はそんな「打算」と「鞍替え」の父を心から好きだと思った。


ところで、意外と思われるかもしれないけれども、死んだ父はどちらかといえば血縁否定者であった。「血は水よりも濃し」だとか「親の恩は山より高く」だとかいった血縁讃美の言葉をあまり好まなかった。

今でも忘れないのは、私と三十余年ぶりの再会を果たした晩、二人で軽井沢のホテルで乾杯したときのこと。

「目出たいのう、生きていたからこそ私らは会えたんやから」

父はそういったが、そのあとで、

「しかし、親をそれほど信用しちゃいかん。親も子もしょせんは自我をもつ生きものなんやから」

後年、私は時々この父が発した「親も子も自我をもつ生きもの」という言葉の真意を考えることがある。そしてふと、子である私もまた「親でさえも信じようとしない」、あるいは「自分さえも信じられない」凍てた洞《ほら》のようなものを父から受け継いでいるのではないかと疑うのである。

「私もおまえも、どうやら身体の芯に冷凍庫を一つかかえて生まれてきた男のようやな」

これもいつだったか、父が私にいった言葉だった。

いかに戦争下の生活苦が理由だったにせよ、二歳のわが子を他家に手離した父はなるほど「冷凍庫」の持ち主だろうが、その当の子にも同じ「冷凍庫」があるという言葉はけだし箴言である。そこは文壇一の人間通とよばれた作家水上勉のこと、戦後三十余年をへて自ら名乗り出てきた不肖の子がもつ自我やエゴイズムくらい、とうの昔に見破っていたのかもしれない。

父が逝って一年半。父の「肖像」がいつのまにか、子である私の「自画像」に重なる哀しみを抱きしめている昨今なのである。

『かまくら春秋』二〇〇六年五月号　かまくら春秋社

こころの風景（一）

「借りもの」世代

私が信州で営む戦没画学生慰霊美術館「無言館」（長野県上田市）が第五十三回菊池寛賞をいただいた。望外のよろこび、といいたいところだけれども、すぐにはそんな気分になれない。

もともとこの美術館は、戦地から帰還された画家野見山暁治さんが構想されていたもので、所在が判明した画学生六十余名のご遺族から遺作、遺品三百余点をお借りし（ご遺族は永久寄託を申し出られているが、形式的にはお預りという形をとっている）、建築費の半分は全国からの寄附金でまかない、あとの半分は私が銀行から借金して建てた美術館である。受賞後のインタヴューでものべたのだが、そんな「借りもの」美術館の代表として私が今回の賞を授けられたことに、何とはない「後ろめたさ」と「居心地の悪さ」をかんじるのは当然のことだろう。

もっとも、昭和十六年の開戦三週間前に生まれた私にとって、借りものは「無言館」だけではないという思いがどこかにある。敗戦の対価としての経済成長、お仕着せの欧米文化、皇国教育ならぬ興国教育の掛け声に育てられた私たち開戦組は、どこからどこまでが自前の「戦後」かの区別さえもつかない「借りもの」世代だった。

今回の受賞で、そんな「借りもの」がもう一つふえた思いがしているのである。

『朝日新聞』二〇〇五年十二月十三日

こころの風景（二）

「軒先貸して……」

今では「無言館」のほうが有名だが、私はもう一つ、すぐそばで「信濃デッサン館」という美術館を経営している。こちらはもう開館二十七年になる。

館にならんでいるのは大正半ばに二十歳ちょっとで死んだ村山槐多《かいた》や関根正二、戦後まもなく三十歳代で亡くなった松本竣介や靉光といった夭折画家たちの絵で、どれもが私が若い頃から好きで蒐めた自称逸品ぞろいのコレクションなのだが、どうも「無言館」が開館してからというもの客足が芳しくない。「軒先貸して母屋とられる」という言葉があるけれども、八年半前に僅か五百メートルほどの距離に「無言館」をつくった途端、それまで年間三万人近かった来館者数がいっぺんに半減したのである。

でも、その分は大繁盛の「無言館」の収益でじゅうぶん賄えるではないかといわれそうだが、事態はそんなに甘くない。「無言館」は「無言館の会」という別組織で運営されているので、そこでの収入を「無言館」以外の活動に使うわけにはゆかないからだ。遺作の修復、分館の建設など宿題が山積している「無言館」の将来を考えると、これ以上「信濃デッサン館」を存続してゆくのはかえって足手纏いにもなりかねぬ。

も少し「無言館」フィーバーの相乗効果がないものかと、槐多や正二がタメ息をついているのである。

『朝日新聞』二〇〇五年十二月十四日

こころの風景（三）

父の絵皿

昨夏八十五歳で他界した父の水上勉は、私の美術館にほど近い東御《とうみ》市に仕事場をもっていた。陶芸の施設や紙漉き場のある家は、父の晩年の創作工房でもあった。父を慕ういくにんもの人びとに囲まれて、父はそこで息をひきとった。

葬儀のどさくさに画室から絵皿を一つ失敬してきた。餃子のタレ入れにでも使えそうな小さな白い陶皿である。父は二どの心臓発作のあと、文章は書けなくなったが好きな絵は描いていた。自分で漉いた竹紙《ちくし》に、散策中にみかけた野花や畑の野菜を描くのが得意だった。絵皿には、アズキ色と濃紺の絵の具がまだ生ま乾きのまま、こびりついている。

私も二十代初めまでは画家になりたかった男だが、高校卒業後、水商売で金かせぎに没頭するうち、いつのまにかその志を喪ってしまった。でも、結局は好きな絵を蒐めた美術館経営に落ち着いたのだから、まるで三つ児の魂を忘れてしまったわけではないのだろう。今でも心のどこかに、死ぬまでに父のような画文集を一冊出してみたいな、という思いがある。

ただ、戦時中に離別して戦後三十余年たって再会した「奇縁の子」には、何もかもが父の血に収斂されてゆくことへの抵抗が今も消えぬ。父の絵皿をみながら、どっこいそのテにはのるか、と思案しきりの毎日なのである。

『朝日新聞』二〇〇五年十二月十五日

「鬼火の里」の鬼たち

三年ほど前だったか、私が信州で営む戦没画学生慰霊美術館「無言館」（長野県上田市）の巡回展が、愛知県の高浜市で開催されたことがあった。高浜市というのは愛知県の南西部の小都市、いわゆる「三州瓦」の産地としても知られる窯業の町で、かつては窯業工場の煙で「高浜のスズメは黒い」といわれたほど煉瓦や土管、植木鉢などの陶製品の生産で栄えたところである。

私は高浜市かわら美術館でひらかれた「戦没画学生〈祈りの絵〉展」の会期中、作品の展示作業や開会式への出席、講演などで何どか高浜を訪れたのだが、そのたびに何となくその町のもつふしぎな磁力に惹きこまれる思いをもった。ふしぎな磁力といっても、美術館とホテルの行き帰りにほんの一、二時間ほど案内してもらっただけなのだが、何か今の時代から置き忘れられたようなその町のもつ独特の静けさ、ある妖しさのようなものに魅入られたのだった。

田土《たど》といったろうか、一昔前までは「瓦小路」とよばれた窯業工場の密集地には、もう数えるほどしか瓦工場はのこっていなかったが、ところどころに点在する小さな工場からは、ゴットン、ゴットンという半分眠ったような機械音がきこえていた。たぶん瓦を焼くガス炉が稼動していると思われるその音は、まるで昔からその土地にひそんでいる物の怪の鼓動でもつたえるように正確なリズムをきざんでいる。そんな工場の軒先には、きまって今製造されたばかりといった朱い瓦の束が積まれていたり、植木鉢やタイルが捨てられたみたいに置かれてあったりしていたが、なぜか工場のなかはひっそりと静まりかえって人の働く気配がない。小雨のふっていたせいもあったが、どこの小路をまがっても道には人影がなく、何だかその「瓦小路」全体が、世間に知られたくない秘密兵器でも製造しているような奇妙な静けさにつつまれているのである。

とりわけ興味をそそられたのは、「瓦小路」から少し離れたところにある小公園に設《しつら》えられていた鬼瓦のモニュメントだった。高さ二、三メートルくらいの、瓦粘土でできた巨大な鬼瓦が、雨にぬれた公園の真ん中に、まるで地上に太い首をせり出したようにデンと据えられている。ギョロリと怒り眼《まなこ》をむいた大きな顔、眉間には何本ものシワを寄せているのに、どこか愛嬌のある団子鼻と、パックリあいた口からのぞく座布団をならべたみたいな四角い歯が、滑稽なようでもあり、少し哀しげなようでもある。そして、その大鬼瓦のまわりには、やはり石仏か道祖神のような小さな鬼瓦が、大鬼瓦を守るようにぐるりと置かれているのである。

「ついこのあいだまでは、ここいら一帯にはずいぶんたくさんの鬼師が住んでいたものでしてね」

案内してくれた地元の観光課の人がそういうので、

「鬼師？」

私がききかえすと、

「鬼瓦をつくる職人のことですよ」

観光課の人はこたえて、

「もっとも、今ではすっかり瓦産業もさびれちゃいましてねぇ。鬼瓦だけつくってたんじゃ食べてゆけないんで、留蓋瓦《とめぶたかわら》とよばれる屋根の隅に使う天狗や犬の飾りをつくったり、最近では一般家庭の表札や敷石に鬼を彫って細々と生活している鬼師が多いらしいんです」

そういった。

「しかし、このご時勢に鬼師の看板を下ろさないだけでも大したもんだねえ」

私がいうと、

「ええ、まぁ鬼師たちにとっては、鬼の瓦は一種の信仰物のようなもので、たんに商売で彫っている以上の執着のようなものがあるでしょうから」

へえ、と私は何気なく合ヅチをうっていたが、ふとこの町を舞台にして、自分の美術館「無言館」にある戦没画学生をテーマにした小説が書けたらおもしろいな、と思案したのはそのときだった。

何やら鬼の生霊でもひそんでいそうなこの高浜の町に、戦地から生きて還れなかった画学生たちの絵の生霊をやどらせてみたらどうだろう。

絵の生霊といったけれども、絵の生霊とは画学生の絵の底にひそむ鬼の生霊のことでもある。

私が現在の「無言館」に収蔵されている戦没画学生の遺作や遺品——先の太平洋戦争や日中戦争に駆り出されて志半ばで戦死した全国の画学生たちの遺族を訪ね、かれらがのこした絵や彫刻や、戦地から送られてきたスケッチや手紙などを収集しはじめたのは、戦後五十年をむかえかけていた十年ちょっと前のことだったのだが、そのときに出合った「鬼の棲《す》む絵」の数々が、今も鮮烈に記憶にのこっている。

栃木県河内郡の貧しい農家の長男に生まれ、東京美術学校（現・東京芸大）油画科を卒業後出征して、昭和十八年にニューギニア・サラモア地区で二十六歳で戦死した伊澤洋が、召集令状をうけとった日に描いたという八号大の油絵の「道」は、洋が幼い頃に遊んだ自宅近くのごくありふれた身辺風景の一つだった。

うっそうと繁った深い緑色の樹木と、その向いにひろがった黄土色の畑とにはさまれた一本の道。静寂につつまれた道には人影一つなく、道の前方はまるで霧にけぶったように白くかすんでみえる。それはあたかも、すでに出征することが決定していた伊澤洋の、明日なき運命を暗示するかのようなはるかな道である。だが、その、ただまっすぐにのびた道のどこかに、洋の化身である眼にみえぬ一匹の鬼がじっと息をひそめているようにも思われてならないのだ。

やはり東京美術学校油画科を卒業後、昭和十七年に入営、在学中にモデルをつとめてくれていた霜子と結婚し、長男暁介の誕生を待たずに華北に出征、昭和十八年に北文の武川で二十六歳で戦病死した画学生中村萬平は、出征直前に霜子のもとに小さなスケッチ板に描いた「自画像」をのこした。

長髪をかきあげるように広い額をのぞかせ、丸い眼鏡ごしにこちらをみつめている視線には、あきらかに自らにあたえられた不条理な時代への抗議がやどってみえる。一見乱暴にぬりたくったような深い茶褐色の画肌と黒い線。わずかに眉間によせたシワと、固くむすばれた意志的な口元、やせた頬骨あたりにうかんでいるのは、萬平が渾身の力をふるって画布にきざんだ憤怒の鬼の線であったとはいえないだろうか。

札幌の提灯店の職人として働きながら絵を独学、早くから県展や国展で実力を認められながら、昭和十八年に出征し戦地からコレラ船で帰還、三十一歳で戦病死した大江正美が描いたのは、幼い頃に離別した生母のいる家だった。

大江が生まれた札幌郊外の野幌あたりだろうか、青黒い北の山々の稜線を背に、薄暗い雑木林のなかにうずくまる一軒の家、遠い山頂にはまだわずかな残雪があり、家の窓にともる白い灯は、夕闇のかなたからこちらにむかって何かをよびかけてくる光にもみえる。「白い家」と題されたこの八号の油絵には、大江が最後までもとめていた肉親の愛への飢え、いや出征する自分を見送ろうともしなかった鬼母への愛憎があるように思えてならない。

高浜の町をあるくうち、そうした画学生が描いた何匹もの鬼たちの面貌があらためて甦《よみがえ》ってきて、かれらの絵といっしょに自分もこの町を徘徊しているような幻覚をおぼえたのは、やはりこの町に棲む物の怪のしわざだったろうか。さっき出てきた「〈祈りの絵〉展」の会場にならんでいた絵たちが、時代に取りのこされたような鬼瓦の町を行く私の後ろから、ゾロゾロと列をつくってくっついてくるかんじさえする。

図書館で調べたところ、高浜市は先の太平洋戦争ではまったく被害をうけておらず、昭和二十年五月の、金のシャチホコのお城まで焼いた名古屋空襲のときも無傷だったし、近隣の半田や岡崎が手ひどくやられたときにも罹災をまぬがれたという。そんな空襲下のエアポケットのような地域だったからこそ、かえって各地方から疎開してきた人によって戦後の瓦産業がささえられ、腕のいい瓦職人がそだったのではないか、というのが大方の地元の人の話だった。

高浜市かわら美術館での「〈祈りの絵〉展」の記念講演の日、私の講演にしては珍しく超満員になった聴衆の前で、

「高浜にきたのは初めてですが、この町には鬼の精がやどっているような気がします。それは、忘れてはならないことをいつまでも記憶しておこうとする、私たちの心の底にある鬼の精のような気がするんです」

そういったあと、

「いつかそんなことをテーマにした小説を書いてみたいんですが」

とつけ加えた。

白状すると、もうそのとき私の頭のなかには「鬼火の里」という小説名ができあっていた。

激戦地ビルマから窯業の町高浜に復員してきた鬼瓦職人、一人娘の身体の不自由な女流画家が描いた一枚の石仏の絵、その絵に惹かれた一人の画商の悲しき出自……ちょっとしたサスペンス仕立て（？）のこの小説は、縁あって「すばる」九月号に掲載させていただいたが、本年末には単行本としても上梓されることになって、今、私は感謝感激でいるところなのである。

『青春と読書』二〇〇五年十二月号　集英社

「成城」のこと

私の信州の美術館での一人暮しも今年で二十五年になるが、妻と二人の子は東京の成城町九丁目に住んでいる。水商売時代に買った猫の額ほどの土地に、これもマッチ箱のような安普請の家を建てたのが昭和四十年春、途中で一ど三階建ての新築に建て直して現在に至っているのである。

「成城」といえば都内でも有数のお屋敷町として知られているけれども、九丁目はむしろ調布市仙川町に近く、いわゆる閑静な住宅地といったイメージではない。高い塀をめぐらせた大邸宅もないし、しゃれた洋服を売るブティックなどもない。まあそれでも、私の家のすぐそばには教育大農場などあって、仙川公園の緑がひろがっている至極快適な環境ではあるけれども。

そんなめったに帰らない東京の留守宅の裏隣りに、「羅の会」の同人でおられる堀かほるさんがお住まいになっていたのは何年前頃だったろう。すぐ近くに「成城凮月堂」の工場があったので、ご商売柄、職住近距離のほうが何かにつけて便利だったのかもしれない。たしか私たち家族が暮しはじめてからほどなく、すぐ裏手の敷地に立派な門構えの木造家屋を建てられ、私の家とも少なからぬお付き合いがあったのだが、ご主人が亡くなって何年ぐらいしてだったか、ふと気がつくと堀さんご一家はどこかにそっと引っ越されてしまわれていた。

この稿をご依頼いただいた句誌「羅」の前号をめくっていて気づいたことだけれども、戦後、平塚らいてう先生が住まわれていたのもこの町だったし、らいてう先生宅のお隣りが「羅」の主宰者飯島ユキさんの実家であったことなどを知ると、私と「成城」をむすぶ糸にも一本ぴんと筋が通った気がしないでもない。いつも私の美術館を応援して下さっている「平塚らいてうの会」会長の小林登美枝さんが、成城のらいてう宅の行き帰りにユキさんご家族とも面識があったということにも、何だかふしぎな因縁をかんじる。

歌心一つないパート勤めの古女房にも、折があったら堀さんのこと、らいてうさんのことなど教えてやりたいと思っているところなのである。

『羅』二〇〇三年十一月号　俳句「羅」の会

蜘蛛の糸

私の小学校の図書館の一番上の棚には、当時、発刊仕立てだった筑摩書房版の「現代日本文学全集」がならんでいた。棚に手がとどく背丈の子は少なかったし、背のびしてやっと一冊を取ることができても、菊版三段組みで活字がギッチリ印刷されたその本を読んでいる子は、めったにいなかった。あれは小学生の私たちのためにというより、先生が利用するための書棚だったんじゃないだろうか。

卒業間際だったと思うのだが、その棚にあった全集で芥川龍之介の「蜘蛛の糸」を読んだのが、私とブンガクとの出会いだった。例の「ある日の事でございます。御釈迦様は極楽の蓮池のふちを……」ではじまる奇妙な物語を、私は声に出して読みながら家に帰った。なぜ帰り道に読んだかというと、その頃私の家では読書は「ご法度」だったからだ。貧乏な靴の修理屋だった私の両親は、とうに私を上級学校に入れることをあきらめていて、中学を出たらすぐにどこかに奉公にでもやろうと考えていたらしく、とにかく私が本を読んだり勉強したりしていると怒ったのだ（べつにそれが理由で私の成績が悪かったわけではないのだが）。

しかし、私はこの「蜘蛛の糸」を皮切りに「杜子春」「トロッコ」「河童」「蜜柑」……芥川龍之介の作品のほとんどを読破した。「蜘蛛の糸」の犍陀多《かんだた》じゃないけれど、あのとき図書館の一番てっぺんの棚にならんでいた筑摩版「日本文学全集」こそ、私の本好きを目醒めさせる一筋の銀の糸じゃなかったか、と思ったりするのである。

『子どもの本』二〇〇六年七月号　日本児童図書出版協会

原野に築く一筋の水路
――小宮山量平さんの『悠吾よ』を読んで

小宮山量平さんといえば、戦後まもなく「理論社」を創業、「季刊理論」を刊行して日本思想界をリードし、児童誌「きりん」の発刊にもたずさわった創作児童文学出版界の泰斗だ。その小宮山さんから送っていただいた新著『悠吾よ！――明日のふるさと人へ』には、小宮山さんの「老馬にも千里の夢」という美事な揮毫がある。私はすぐに、かつて日本画家の小杉未醒（のちの放庵）が、洋画家山本鼎《かなえ》から托された天才画家村山槐多《かいた》に「悍馬」という称号をあたえたことを思い起した。「悍馬」とは、大正画壇に旋風を巻き起し二十二歳で夭折した槐多を、「直情一途、純粋無垢なる一匹の悍馬」と評した言葉だ。当年九十歳をむかえた小宮山さんだが、どうにも「老馬」は似合わない。さしずめこの本の帯書きには「悍馬、千里の夢を疾走す」あたりがふさわしかろうと思ったものだ。

それほどこの本には、現世に対する小宮山さんの、若々しくも猛々しい憤怒、慨嘆、懐疑、苦言、そしてときとして憫笑と失意といってもいい多感な心情がきざみこまれて飽くことがない。そう、この九十歳作家の警世と警句にみちた新著は、たんに自らが辿った戦中戦時の暦をめくり直すだけでなく、今や自らが共有する「今日」というあまりに不毛な原野に、一筋の知の水路をきざみこもうとする果敢な試みなのである。

同時に、この本が近頃ハヤリの「世直し」や「憂国」の書と一画線をなすのは、ひとえにそこにきざみこまれた言葉が、三歳になったばかりの小宮山さんの曾孫である悠吾くんのツブラな瞳、いたいけない寝顔にむかって発せられる、慈味にあふれた量平じじ（曾祖父）の「ひとり言《ご》つ」低旋律の声であるからだろう。

量平じじは、悠吾くんにこうひとり言つ。「悠吾よ、歴史は何度も地獄の体験を経ないかぎり進むものではないぞよ」「悠吾よ、真理の第一の物差しは生まれ出ずるおまえの生命《いのち》にこそあるぞよ」「悠吾よ、さぁ深々と深呼吸して歩めよ」「悠吾よ、少数派は少数派をつらぬいてこそ強いと知れよ」。かくて悠吾くんにあてた小宮山さんの箴言の数々は、悠吾くんの幼い瞳の彼岸にある同時代の「ふるさと人」、来るべき二十一世紀人の同胞《はらから》にむかって放たれる普遍のメッセージとなって私たちの心をうつのである。

たとえば、本書に通底する「高度に発達した一先進国が、他の高度に発達した一敗戦国を植民地的に支配するグローバリゼーション」への危惧、問題意識。小宮山さんは「たんにある強大国が他の弱小国を支配するといった構図ではなく、戦勝国の座についた一国がすでに成熟した他の文明国の文化の総体を支配すること」が、やがて次代を担う悠吾くんたちの将来に重くのしかかるという現実を直視しながら、「悠吾よ、こんなにも深い危機について語るのは、私たち二十世紀人の責任を君たちに分担せしめようと思ってのことではない。ただグローバリゼーションなる強大な帝国主義の支配は、容赦なく君たちの成長の世界に手を差しのべて来ようとしているのだ」と憂う。「戦争の記憶」への熱い言及もある。「一番忘れがちなのは第一原告の告発です。その無念です。その悲しみです」と拳をふるわせ、近年において戦没者を「英霊」として軽々しく讃え、かれらの「生への希《ねが》い」を恣意的に歪曲し美化する為政者たちの欺瞞をはげしく撃つ。「死者たちこそが戦争犯罪を告発すべき第一の原告ではないか」と重ねて問う。その小宮山さんの、あたかも九十年の齢《よわい》とひきかえに紡ぎ出したかのような言語のひたむきさ、逞しさ。

それでいてこの新著が、少しも説教臭くも繰り言めいてもいないのは、悠吾くんの成長に眼を細める曾じいさん、小宮山さんが抱く「明日」への希望の輝きがあってのことだろう。小宮山さんは、この本のそこかしこで、まだ生後三年にもみたぬ新しい生命体に対する畏怖と敬愛を告白する。そのあどけない仕草の一つ一つ、片コトの一つ一つの愛らしさに身をよじるほどの慈しみの眼をそそぐ。そして、その小さな小さな生命の萌芽にこそ、来るべき「明日」への希望がやどると確信するのである。

ただし、この小宮山さんの悠吾くんにそそぐ慈愛の眼差しを、ただたんに「明日」への期待と願望とだけ解してしまっては、老作家の本懐を裏切ることになる。この「希望の書」は、反面において今や極東にうかぶ卑小なケータイ国家、物量社会の権化となり果てたわが祖国ニッポンの、その歴史の根に置き去りにしてきた数多くの命題に対する「自省の書」であることも忘れてはなるまい。

不毛の原野に築かれた一筋の水路は、これまでの書物でも小宮山さんがくりかえしのべられているように、やがては私たちの輝かしい未来に達するであろう回帰への水路であるといってもいいのである。

『図書新聞』二〇〇六年五月二十日

「明大前」ヒルズ

地番でいえば「世田谷区松原町」ということになるが、京王線と井の頭線が交差する駅に「明大前」がある。一日平均乗降客二十万人といえば「下北沢」や「吉祥寺」とならぶ要衝駅だけれど、「明大前」はシモキタやジョウジほどオシャレでもなければ人気スポットでもない。まあ、いってみれば、山の手の外れの「ごくふつうの地味な学生街」といったところ。

私は昭和十六年十一月に東中野で生まれたが、二歳半で明治大学和泉校舎（杉並区永福町）の構内で靴修理業をやっていた養父母に預けられ、成人するまでこの町で育った。小学校は「松原小学校」で中学校は「梅丘中学校」、学校から帰ったあとの遊び場といえば、明大の裏にあった竹ヤブやその隣りにひろがっていた西本願寺別院の墓地、それに「明大前」界隈のあちこちに点在していた神社やお寺の境内だった。

この町の様相が一変したのは、私が高校を出て明大の真向かいに小さな酒場を開業した頃で、折しも日本は高度経済成長時代に突入、それまで幅五メートルほどだった店の前の甲州街道が二十メートルに拡幅され、かっての遊び場が次々にマンションや店舗ビルの用地に変わった。昭和三十九年秋に東京オリンピックが招聘され、甲州街道をエチオピアからきたアベベや、日本マラソン界のエースだった自衛隊の円谷幸吉選手が走って、沿道に数十万もの見物人があふれた光景が忘れられない。

　そのあたりのことは拙著『「明大前」物語』（筑摩書房刊）にも書いたのだが、その後、私は酒場商売に見切りをつけて長野県上田市に転居、昭和五十四年六月に夭折画家の作品ばかりを展示した美術館「信濃デッサン館」を建設し、九年前にはその隣接地に戦没画学生の遺作を収集した「無言館」を建設して現在に至っている。言い方は変だけれど、「明大前」が高度成長で大変貌をとげた町だったとしたら、私もまたそんな町から生まれた大変貌男の一人だったといえるだろう。

　じつは、私が酒場を経営していた土地は現在も私が所有していて、そこで「キッド・アイラック・アート・ホール」というおかしな名の多目的ビルを営んでいる。仲間たちはひそかにそこを「明大前」ヒルズとよんで嗤《わら》っているのだが、地下が「槐《かい》多《た》」というカフェ、一、二階が五、六十人の客数で一杯になる小劇場、三、四階がギヤラリィ、五階が大正期に二十一歳で早世した女流画家高間筆《ふで》子の記念室になっているという、ちょっと変った「創造空間」だ。私はそこでも好きな画家の展覧会や、若い音楽家や舞踏家の発表会を催したりして、信州の美術館との掛け持ち生活を送っているのである。

あまり人に気付いてもらえないのが残念なのだが、「ホール」の外壁には、「昭和二十年八月十五日の明大前」の写真が大きくプリントされている。私はここにくるたび、疎開先から親子三人でひきあげてきた日にみた終戦直後の焼け跡風景と、そこから「戦後」を生き泳いできた自らの半生のアゲ底ぶりを再確認して帰るのである。

『東京人』二〇〇六年九月号　都市出版

野見山さんの絵のこと
――「野見山暁治展」に寄せて

野見山さんと二人で全国の戦没画学生のご遺族を訪ねあるいていた頃、印象的だったのは、野見山さんがひどくご自分の「記憶」にこだわられていたことだ。以前一ど訪ねたことのある戦死した仲間の住んでいた家、その周辺の露地や建物、どことなく面差しが似ていた祖父母や親兄弟の顔、あるいは死んだ画友が愛用していた見覚えのある絵筆や絵具箱のたぐい。あいつは本当にここで生まれてここで育ち、自分といっしょに美校で絵を描いていたんだろうか、戦死したのは本当にあいつだったんだろうか。

野見山さんの絵をみていて思うのは、やはり野見山さんの絵にもそういった「記憶」への熱烈なこだわりがあることだ。いやそれはもう、こだわりなんて程度のものではなく、もはや徹底して自分の「記憶」を疑い、その不確かなまま置き去りにしてきた過去のアイマイな風景を、一つ一つ丹念にたぐり寄せ、まるで一枚の渺々《びょうびょう》とした

「記憶」の織り物にでも仕立てようとしている画家の姿がみえる。ともかく野見山さんが一貫して描きつづけてきたのは、自らが生きてきた八十余年の歳月の復元であり、画布やスケッチ帖の上におけるあてどない追体験の試みであるような気がしてならないのである。

そういう意味からいえば、野見山絵画の原点のようにいわれる筑豊のボタ山や遠賀川の風景も、復員後に眼にした祖国の荒廃も、パリ時代に出会った愛すべき女たちも、亡妻とすごした故郷唐津の海も、それらすべてが野見山さんにとってはよるべない幻影の一つであったといってもいいのだろう。野見山さんはひたすら自らの心奥に沈む懐かしい風景、気がかりな風景の数々を、仄淡いグリーンやブルウの色彩にとかしこみ、ほとんど墨筆と見紛うばかりの奔放な描線でふちどり、その独特な非具象の形態のなかにまぶしこんできた画家なのではなかろうか。

ただ、そうした生きてきた時間の痕跡ともいえる野見山さんの絵は、一方において「そこにいない人たち」の存在をも鮮烈にあぶり出す。判じもののような言い方になるけれども、野見山さんが真に描こうとしているものは、野見山さんが描こうとしなかった、もしくは描けなかった画面の余白にあるといっていいのかもしれない。「ぬぎ捨てられたシャツや下着のかたちが面白い」という野見山さんの談を借りるなら、まさしく野見山さんの絵そのものが「ぬぎ捨てられたシャツ」であり、「着ていた人間の体温を伝える下着」であるともいえるのである。

いずれにしても、このような凡そ画壇的な虚名、恣意的な匂いをもたない自然児のような画家の静かな営みほど、昨今の不毛の美術界に一滴の安息感をもたらすものはないだろう。今回の東京国立近代美術館における展覧会の盛況を、心から期待しているる野見山ファンの一人なのである。

『新美術新聞』二〇〇三年八月二十一日　美術年鑑社

コウちゃんの「農民美術」

信州上田は「木彫の町」である。

町のあちこちに「何々工芸」「何々美術」といった工芸店の看板が下がり、店の奥からコツコツ、ガッガッという鑿《のみ》の音がきこえてくる。大半は木工品の制作と、文箱やシュガーポットや壁飾りといった旅行者相手の土産物の販売をかねている小さな店舗である。何年か前までは、どの店でもかならず一人や二人の職人が働いていたものだが、近年は店の主人が一人で制作をうけもち、奥さんや家族が交代で店に立って細々と営業しているところが多い。

上田の木彫産業の源流は、大正半ばに画家山本鼎《かなえ》が当地でおこした「農民美術運動」に由来する。鼎はもともと愛知県岡崎の人だが、東京美術学校を卒業後パリに留学、帰国途中に立ち寄ったモスクワでみた木片人形に魅せられ、父一郎が漢方医院を営んでいた上田で、農閑期の農民をあつめて木彫技術を教えたのがはじまりだった。

もうとうに取り壊されてしまったが、当時の小県郡神川村の高台にあった「山本医院」のすぐそばに、三角屋根のモダンな「農民美術研究所」が開設されたのは大正十二年春のことである。

正直いって、今、上田の町にある「工芸店」が、山本鼎たちが提唱した「農民の素朴な感性による木工芸術」の理念をどれだけ継承しているかとなると疑問だけれども、すでに一世紀近くをへた今も「農民美術」という呼称そのものが守り通されていることは、木都上田の職人たちの「木彫り」に対するひとかたならぬこだわりと愛情をあらわしているといっていいだろう。

私が上田市郊外の塩田平に私設美術館「信濃デッサン館」をつくったのは昭和五十四年の春だったが、あの頃、一番お世話になったのが「アライ工芸」の荒井宏一さんだった。宏一さんは愛称コウちゃん、鼎の研究所の創立メンバーだった初代中村実さんらと、上田の木彫界をささえた農民美術家荒井貞雄氏を父にもつ二代目。最初、私はおそるおそるコウちゃんに、美術館の床を埋める木煉瓦の手配や、館の正面の扉や看板といった小ものの制作をお願いしたのだが、

「あいよ、喜んでやらせてもらうよ」

コウちゃんは二つ返事でひきうけてくれた。

白樺、欅、朴、ポプラ……本館「信濃デッサン館」の床工事から、八年前にできた分館「無言館」の大扉、看板にいたるまで、その後、コウちゃんがわが美術館のために鑿をふるってくれた「作品」は十指をこす。

今思えば、あの頃からコウちゃんは「信濃デッサン館」をひそかに農民美術の橋頭堡と考えてくれていたようだ。いうまでもなくわが館の中心コレクション村山槐多《かいた》は、山本鼎とは十四歳ちがいの従兄弟で、神川村に研究所ができたとき、木彫の講師として招かれた村山桂次は槐多の弟だった。

私と同い年だったコウちゃんが急逝してもう四年になるけれども、丹精こめた美術館の床や扉の彫りアトをみるたびに、コウちゃんが抱いていた上田の農民美術への見果てぬ夢を思うのである。

季刊『銀花』第百四十二号　二〇〇五年六月　文化出版局

逆行の画家・滝沢具幸さん

五、六年前のことと記憶するが、滝沢さんと東京駅のエスカレーターですれちがったことがある。中央線のホームからコンコースまで下りるエスカレーターの途中で、滝沢さんは上から下へ、私は下から上へのぼってゆくところだった。滝沢さんは私の顔をみると、突然エスカレーターを逆行してホームまで駆け上がってきた。その猛ダッシュぶりの何と若々しかったこと！

そのときの滝沢さんの用件は、今、銀座で自分の個展をやっているので、ぜひみにきてほしいと、鞄のなかから何通かの案内状を取り出して私に手渡してくれただけのことだったのだが、私はそれ以来、何となく滝沢さんに「逆行の人」というイメージを抱くようになった。というより、滝沢さんは人生の階段をあえて逆方向にすすんでゆく、そんな逆行精神（？）をどこかにひめた人なのではないかと思ったのである。そう、逆行の画家、滝沢具幸。

もっとも、考えてみると私はそれよりずっと以前から、滝沢さんという画家にはある種の反骨魂というか、一筋縄ではゆかない頑迷さのようなものを認めていたのではないかとも思う。

これももう二十年近く前になるが、私は滝沢さんをふくむ創画会の主要メンバー、渡辺学、毛利武彦、上野泰郎、大森運夫、池田幹雄、小嶋悠司といった気鋭の画家七人によって結成された「地の会」の代表役を仰せつかっていた。毎春、銀座八丁目の資生堂ギャラリーでメンバーの新作と接する歓びは格別だったし、初日にきまって会場近くの中華店にあつまって一献かたむけた思い出も忘れられないのだが、何しろ七人が七人とも口数の少ない寡黙な画家ばかりだったので、酒量はあがってもなかなか談論風発といった具合にはならない。

しかし一どだけ、あれは「地の会」が十年めにさしかかった頃だったか、グループの存続をめぐって一座が紛糾したことがあった。「十年を一区切りにしてそろそろ幕引きにしたらどうか」という打ち切り派と、「いや勉強の場としてこの会の存在は大切だ」という存続派とで意見が岐《わか》れたのである。

私の記憶では、そのときにヤンワリと、いかにもヤンワリと結論を「存続」に導いたのが滝沢さんだったような気がする。

たしかそのとき滝沢さんは、討議の終了ぎわにポツリと、

「でも、みんな絵を描きたいんだしね」

といわれたのである。

その言葉に、グループの重鎮だった渡辺学先生が、

「そう、そう、みんな絵が描きたいだけなんだよ」

深く肯かれたので、一座はしんとなった。

結局、「地の会」の活動はその後も何年か継続されることになり、本当に終結したのは発足十三年後の、資生堂ギャラリーの改装工事がはじまった年ということになったのだが、私は今でも、あのときのヤンワリとした、それでいてどこか凜として清々しかった滝沢さんの一言を思い出す。そして、そうだ、あのときの「地の会」の七人は、滝沢さんがいうように心の底から絵を描きたくて描きたくて仕方なかったんだろうな、とふりかえるのである。

こう書けばわかるように、滝沢さんの逆行精神は、けっしていたずらに周囲の意見

に従わなかったり、自分と主張を異とする人びとを一方的に否定したりする類のものではない。むしろ滝沢さんは、自分をかこむあらゆる人びとの心の調和を重んじ、だれの心をも傷つけてはならないという掟を己れに科しているようにさえみえる。ただ、ある瞬間、滝沢さんが「ここぞ」と思った瞬間にだけ、滝沢さんは自分が日頃から信じ、目指している理想の場所にむかって猛ダッシュする画家なのである。

　枚数の都合で、滝沢さんの作品のことにあまりふれられないのが残念なのだが、私にとっての滝沢芸術は、やはりこの「調和美」を打ち破る「理想美」の追求につきるといってもいいだろう。描こうとする対象をとことん凝視し、凝視した形態のむこうにあるもう一つの形態をつむぎ出す試み。そこに画家自身に内在する「理想美」の誕生をみようとする滝沢さんの作画は、いいかえれば調和や均衡、平穏や安定といった自然風物の普遍的なありようとの戦いでもある。薄絹でもひいたみたいにたなびく藍、紫、朱、群青色のアラベスク、幾重もの亀裂線の奥に息づく裸婦や群像、かすかな山稜や樹林のけはい、その何もかもが、不毛の現世のエスカレーターを猛然と駆け上がってゆく滝沢さんの、まさに生の瞬間の記録そのものであるとでもいったらわかってもらえるだろうか。

私と同じ昭和十六年生まれ、酒豪で知られる滝沢さんと一杯やらなくなって久しいが、この稿を借りて「近いうちまたどこかで」とお誘いしたい。

八十二文化財団「滝沢具幸展」図録二〇〇五年十月

いざ海へ――百マイルの暗夜行路

もうずいぶん前になるが、ある知人から湘南地方（？）にある心臓クリニックの名医の話をきいたことがあった。以前からいくぶん狭心症のケのある私に「万一のときは」と知人が紹介してくれたお医者さんだった。

「天国までの百マイル」の一幕めが終ったときに、ふとこれはその湘南の名医さんをモデルにした芝居かしらん、と思ったのだが、幕間にめくったパンフに原作者の浅田次郎さんの母上の手術をなさったという外山先生の文章がのっていたので、あ、そうだった、湘南ではなくてあの名病院は房総だった、と記憶ちがいに気づいたのである。それで、二幕めからは狭心症の発作で瀕死寸前になった私が、（母きぬ江のかわりに）城所安男のワゴン車に乗せられて百マイルをヒタ走っている気分になってしまった。神さま、どうか間に合いますように。

だが、この芝居の目的が名医のメスで主人公が名手術をうけるところにあるのではないことは自明だろう。親族のだれもが見返らない重篤な心臓病の老母をオンボロ車に乗せて、バブル崩壊で世の中から見放された四十男の息子が、ひたすら「天国」である海辺の病院へと急ぐ道行ドライヴには、手術によって快癒する以前に、安男ときぬ江母子にあたえられた至福の時間があった気がする。そこには現世の私たちがもっとも忘れかけている、血の絆で結ばれた者同士だけがもつ安息のひとときがあった気がするのだ。そういう意味からいえば、百マイルは「天国」までの距離ではなく、この百マイルの暗夜行路そのものが母と子にとっての「天国」であったといっていいのではなかろうか。

　こだわるようだけれど、湘南と房総のちがいこそあれ、この芝居の終着地のライトモチイフが「海」であったことは心地よい。仕事柄、舞台美術の色彩感にはうるさいほうだが、とくに終幕近くの舞台は美しかった。海辺に立って「百マイルの彼方」をみつめる純情女、佐々木愛さんの何と可憐だったこと！

『劇団「文化座」通信』二〇〇六年四月

第三章　赤ペンキとコスモス

乾かぬ絵具
――「戦後六十年」に思う

今年は「戦後六十年」にあたる。

私が信州で営む戦没画学生慰霊美術館「無言館」にも、それを記念してあちこちから巡回展の申し込みがあり、東京をふりだしに何ヶ所かで大規模な展覧会が開催される予定になっている。ふだん「無言館」に展示されずに収蔵庫に眠っている画学生の遺作、遺品が、これを機会にたくさんの人びとの眼にふれることは大変ありがたい。

ただ、どうもこの「六十年」という括り方が気になって仕方ない。たしかに昭和二十年八月の「終戦」を基点に考えれば、「六十年」という計算にまちがいはないのだけれども、戦没者それぞれの死を「六十年」という十進法の数値で束ねることにはちょっぴり不満がある。愛する者を戦火にうしなった人たちの思いは、「戦後何年」などという表層的な時限で語られるものではなく、その人それぞれがもつ固有の思い出や記憶の堆積によって語られるものだからである。

たとえば、「無言館」にならぶ戦没画学生太田章は、昭和十七年に東京美術学校（現・東京芸大）をくりあげ卒業し、翌十八年に満州牡丹江に出征、十九年五月に二十三歳で戦病死した画学生だが、召集令状を受け取った日に描いたのは最愛の妹をモデルにした「和子の像」だった。「私を里芋の葉のそばにしゃがませて何枚も何枚もスケッチしていた兄の真剣な眼差しが忘れられない」と、現在七十九歳の和子さんはいう。和子さんの心奥にある兄章の記憶は、その絵のなかにある当時十八歳の和子さんの初々しい浴衣姿とともに今もそのままなのである。

同じ美校の彫刻科を昭和十八年に卒業し、フィリピンのバシー海峡で二十四歳で戦死した片岡進の場合もそうだ。出征前日、片岡は一日中画室にこもって「自刻像」の制作にはげみ、完成後、自分の着ていた洋服や日用品のすべてを友人に分けて戦地に発つ。のこされたその「自刻像」は、画業半ばで応召する片岡のやるせない心情をあらわすかのように神々しくて美しい。おそらく画学生片岡の二十四年の生涯は、この一作をつくりあげることによってのみ存在し得たといってもいいのだろう。

昭和十九年満州林口において終戦をむかえながら、延吉に移動中に行方不明となった画学生千葉四郎の絶作は「母の顔」だった。モデルとなった老母は、終戦後も四郎の戦死を信じようとせず、毎朝仏壇に焼香をあげて一人息子の帰りを待っていたという。その母も他界し、ほんの何点かの四郎の遺作と、「消息不明」のままの戦死公報がのこされて六十年、だれがかれらに真の「終戦」を告げることができるというのだろう。

「戦後六十年」が声高に叫ばれるのをきくたびに、わが「無言館」にならぶ画学生の絵たちの、永遠に乾くことのない絵具の匂いが鼻をついてくるのである。

『健康』二〇〇五年三月　アグレプランニング

「無言館」と戦後六十年
——その「熱狂」と「静寂」

戦後六十年にあたる今夏、私の営む戦没画学生慰霊美術館「無言館」（長野県上田市）へのマスコミ取材は一段とかまびすしいようである。

たしかに先の日中戦争、太平洋戦争に斃《たお》れた画学生たち約六十名の遺作、遺品凡そ三百点がならぶ館内をあるけば、だれもが二どとくりかえしてはならない戦争という歴史的原罪と、その不条理な時代によっていかに多くの若い志や才能が喪《うしな》われたかを知って涙するのは当然だろう。あの時代に出遭《あ》いさえしなければ、あの時代に生を受けさえしなければ、今も若者たちは絵筆をふるい、かならずや憧れの画家として大成していたにちがいない、と唇をかむのである。

ただ、いつも思うことだが、かれらは何も自らにあたえられた時代に対する抗議や、そうした時代に生まれた宿命への遺恨を晴らすために絵を描いていたわけではない。まして今生きる私たちがかざす「反戦平和」や「憲法論議」の昂揚のために画架にむかっていたわけでもない。

出征直前まで絵筆をはなさなかった画学生たちが描いたのは、短い青春を分かちあった愛する妻や恋人の姿であり、敬愛する父や母の肖像であり、日頃から可愛がっていた妹や弟の笑顔だった。一枚のカンバス、一冊のスケッチ帖に、かれらは自らの生をささえてくれたごく身近な血縁者、愛する者たちとの思い出を描いて戦地に発ったのだ。そこに描かれた濃密な家族関係、濃密な人と人との絆、何より濃密な自らの存命への歓び……それらはすべて、画学生たちにとっての輝かしい生の刻印であり、今たしかに自分はここに生きているという生の実感であったともいえるだろう。

そうしたかれらの「画業」の前に立って、あらためて胸をえぐられるのは、いかに私たちが戦後六十年、かけがえのない日本人の原形とでもいうべき人間風景を喪ってきたかということである。子ごろし親ごろしの現世を生きる私たちが、今やどれだけ手をのばしても取りもどせないところに置き去りにしてきた懐かしい日本の原風景……。もし画学生の絵が何かを告発しているとしたなら、それはあの理不尽な戦争という時代に対してだけでなく、私たち各人がこの六十年をどう生きてきたかという、私たち自身の「戦後」の在りように対してではないかという気がするのだが、どうだろうか。

打ちふられる日の丸の小旗、天皇陛下万歳の大唱和。あの熱狂の只中にあって、ただひたすら「絵を描くこと」のもつ静寂を守り通した一群の若者たちの遺し絵が、私たちにつきつける問いはあまりにも深くて重いというしかない。

『学習の友』二〇〇五年七月　学習の友社

絵の「尊厳死」のこと

目下、私の営む戦没画学生慰霊美術館「無言館」が取り組んでいる喫緊の課題といえば、復元可能な百数十点にもおよぶ画学生たちの遺作の修復である。

何しろ戦後六十年をへた今、戦争そのものの記憶の風化とともに、志半ばで戦地に散った画学生たちの作品もまた消滅の危機に瀕している。出征直前に描かれたかれらの遺言とでもいっていい油絵や水彩画、戦場でのスケッチ画の一枚一枚が、六十年の歳月をへて致命的な剝落、退色、劣化の危機に見舞われているのである。

私たち「無言館」のスタッフが、戦没画学生の遺作の保存につとめようとするのは、何もかれらの絵が芸術的に卓《すぐ》れた傑作であるからというわけではない。だれがみても、美校を出たばかりの画学生たちの絵が標準点にも達せぬ未熟な作品であることはわかっている。ピカソやマチスならいざ知らず、かれらの絵をこれ以上修復し、保存しつづけることにどれだけの意味があるのかという疑問がわいても当然だろう。

だが、忘れてならないのは、絵にも「尊厳死」の権利があるということだ。どんなに無名な画家であろうと、未熟な画家の作品であろうと、その手で描かれた絵は鑑賞者の心のなかに眠る自由をもつ。そういう人間の自己表現の最低限の自由さえも奪い去った、あの理不尽な時代に生きた画学生たちの生の証を守るために、私はかれらの遺作の修復につとめたいだけなのである。

『朝日新聞』「時計をはずして」二〇〇五年五月十一日

騙《かた》りつぐ私

私が三年半ほど前から信州で営んでいる戦没画学生慰霊美術館「無言館」（長野県上田市）は、画家への志半ばで太平洋戦争、日中戦争に出征して戦死した画学生たち約六十名の遺作を展示している美術館である。画学生たちが応召直前まで制作にうちこんでいた油絵やデッサン、それに戦地から肉親兄弟、妻や恋人にあてた絵手紙、あるいは愛用していた絵具箱やスケッチ帖などが約三百点ならべられている。

「無言館」建設の火付け役は東京芸大名誉教授である画家の野見山暁治さんだった。昭和十八年に東京美術学校（現・東京芸大）をくりあげ卒業して出征、翌年肋膜を患って復員してきた野見山さんは、たくさんの同級生、先輩後輩を戦地でうしなっている。「死んだ仲間たちの絵を保存したい」そんな野見山さんの願いに同調した私が、それまで同じ地で営んでいた私設美術館「信濃デッサン館」の分館として開館したのが「無言館」なのである。

おかげさまで、というべきか、開館以来、この東信州の山里の小さな慰霊美術館を訪れる人はひきもきらない。同じ出征体験をもつ老齢世代はもちろん、画学生同様、肉親を戦争でうしなった中年層にまじって、最近では直接戦争を知らない若者たちの姿も目立つようになっている。

しかし、そうした「無言館」の千客万来ぶりが、当の建設者である私の「後ろめたさ」を増幅させているのはどういうわけだろう。太平洋戦争開戦直前の昭和十六年に生まれ、物心ついた頃からは物カネ蔓延の高度成長時代、根なし草のような戦後の泰平を生きてきた私にとって、戦死した画学生たちの無念の絵がつきつけてくる問いはあまりにも重い。近頃さかんにいわれる「戦争を語りつぐ」というハヤリ言葉が、私の耳には「自分を騙《かた》りつぐ」という言葉にさえきこえてくる昨今なのである。

『大法輪』二〇〇一年四月号　大法輪閣

「もう一つの生命」のこと

私が信州で営む戦没画学生慰霊美術館「無言館」（長野県上田市）が開館六年めをむかえた。もう六年もたったのかな、というのが正直な感想である。

年間平均十万人余という来館者数は、予想外の好成績といっていいだろう。何しろJR上田駅から単線電車で約二十分、畑のなかの無人駅からさらに三、四十分もかかる不便な場所だし、まさかこれほど多くの人びとがやってくる美術館になるだなんて開館前は想像もしていなかった。だいたい、この館に展示されているのはピカソでもルノワールでもない、いわば画家への志半ばで戦死した無名の画学生たちの絵ばかり。北から南から、飛行機を乗りつぎ長距離バスに乗ってやってくる人たちは、いったいかれらの作品のどこに惹かれてくるのだろうか。

たぶん、「無言館」を訪れる人たちの大半は、かれらがのこした美術作品を鑑賞するというより、かれらが生きた「戦争」という時代がいかに不条理なものであったかということを確認しにやってくるといったほうが正しいのだろう。かれらがどれだけ残酷な時代の仕打ちをうけ、そのことによってどれだけ多くのかけがえのない才能が奪われたかという、画学生たちの「悲運」を検証しにやってくるといっていいのかもしれない。そして、館内に展示されている画学生の戦地から家族にあてた手紙や、戦場で愛用していた絵具箱、まだあどけなさののこる美校時代の写真などを前にして、ただただ眼頭をおさえ頭を垂れて館を去るのである。

しかし、「無言館」にならぶ画学生の絵がそうした戦争犠牲者の「遺品」としてしかうけとられていないとすれば、わが美術館の役割は半分も果たされていないことになる。というのは、戦死した画学生の作品には一つとして自らの運命を呪ったり、当時の時代に抗《あらが》ったりしている絵はないからだ。出征直前まで絵筆をはなさなかった画学生たちは、ある者は愛する妻や恋人を、またある者は敬愛する父や母、日頃から可愛がっていた妹や弟を画布にきざんで戦地に発っていった。そこに描かれているのは、かれらがたしかにそこに生きていたという生命の証《あかし》であり、かれらの日常をささえていたごく身辺にいる人間の姿だった。その絵一つ一つには、あの戦争という暗黒の時代にあってもなお希望を失わず、ただひたすら「絵を描くこと」によって生きようとした自己表現の歓びがあったといえるのではなかろうか。

そんな思いをいっそう深めたのは、つい先日（四月二十九日）行われた「無言館」主催の第一回成人式に出席した若者たちの言葉をきいてからである。この「成人式」は、全国各地から参集した新成人たち三十八名が館内で戦没画学生の絵を鑑賞、作家小宮山量平氏からの自筆の手紙のプレゼントをうけたあと、黒坂黒太郎さんの被爆樹でつくったコカリナの演奏をきくという趣向だったのだが、式の終了後、口々に語った戦没画学生たちの作品に対する感想が印象にのこった。

遠く京都から鈍行列車に乗ってやってきたという二十歳は、

「参加してよかった。絵はわからないけれど、かれらの青春は今の我々以上に輝いている感じがした」

また栃木県からカップルできた二人は、

「今まで二十年間考えなかったことを考えた。兄が妹を描いている絵をみて涙が出た」

寄り添った手をはなさずにそういった。

それをきいていて、ああ、ここに「無言館」がこれから果たさなければならぬ大切な使命があるなと思ったものだ。そう、私たちがかれらの絵から学ばなければならないのは、たとえ戦火によって画学生の生命はこの世から消えても、かれらが作品にこめた「もう一つの生命」は厳然と今もここにあるということ。そして、その生命をささえていたのは、かれらを取りかこんでいた濃密な家族関係、濃密な兄弟姉妹との絆、何をおいて周辺の人びとに対する濃密な思いやりではなかったか、ということなのである。

　画学生たちの生命を奪った「戦争」への憎悪のカゲに、私たちの戦後が失ってきた懐かしい「日本人の原風景」があることを忘れてはならないと、戦争体験なき若者の言葉に教えられた気がしてならない。

『自然と人間』二〇〇三年八月号　自然と人間社

「無言館」の沈黙について

むごんかん、という館の名はどうして付けられたのですか、と問われるたびに、命名者である私は二通《ふた》りの答えを用意する。一つは「志半ばで戦場に散った画学生たちの絵は無言であっても、多くの言葉をみる者に伝えてくれるから」であり、もう一つは「その絵の前に立つ私たち自身が無言であるしかないから」である。どちらかといえば、私の思いは前者より後者のほうに近い。

ただ、最近になってもう一つ、私は「この美術館を建設した行為じたいが自らの人生に無言を強いることではなかったろうか」といった気持ちにもなっている。「無言館」にならぶ戦没画学生の遺作や遺品が無言であるばかりでなく、またそれをみる鑑賞者のだれもが無言で頭《こうべ》を垂れるだけでなく、この美術館をつくった（全国のご遺族宅を行脚して画学生の作品を収集した）私の企てそのものがもつ「罪と罰」が、当の私からあらゆる言葉を奪い去っているのではなかろうか、とも考えるのである。

平成九年五月に長野県上田市の郊外、標高七百メートルほどの山あいに開館した私設美術館「無言館」は、先の太平洋戦争、日中戦争、さらにさかのぼって日露戦争などに出征、あえなく戦場のツユと消えた画学生たち約六十名の遺作、遺品三百余点をあつめた美術館である。コンクリート打ち放しの平屋建て、建坪百二十坪の十字架形をしたその建物には、戦時中に東京美術学校（現・東京芸大）、あるいは武蔵野美大、多摩美大にわかれる以前の帝国美術学校、また京都絵画専門学校、太平洋美術学校などに在籍し、卒業後もしくは学業半ばでくりあげ卒業して戦地に駆り出されて戦死した画学生たちの、いわば「遺し文」とでもいうべき作品の数々と、その絵を描いた当時の愛用の絵具箱、絵筆、スケッチ帖、パレット、戦地から家族に送ってきた軍事郵便や絵ハガキ、軍服姿の写真などが展示されている。

当然のことながら、開館以来この「無言館」は、新聞、テレビ等の各メディアによって「反戦平和」の美術館、「恒久平和」を希《ねが》う美術館として広く喧伝されてきた。かつての戦争下に「どれだけ多くの将来性ある若者の才能が失われてきたか」「いかに尊い若者たちの志や夢が奪われてきたか」というメッセージを伝える美術館、その不条理な時代の犠牲者である画学生たちの作品一点一点が告発する「戦争」という歴史的事実を、今生きる私たちがあらためて確認、再確認するための美術館として人口に膾炙《かいしゃ》されてきた。そして、そのお陰といってもいいのだろう、未曾有の美術館不況といわれる現在にあっても、わが「無言館」には年間平均十万人余という多くの来館者が、北から南から飛行機に乗り列車を乗りついでやってくるといった盛況ぶりを呈しているのである。

　だが、この館にある画学生たちの絵はけっして「戦争反対」や「平和希求」のためにだけ描かれたものではない。戦死した若者が画布にきざんだそれらの作品には、一点として自らの運命を呪ったり、時局の仕打ちに抗《あらが》ったりしたものなどない。むしろそこにあるのは、戦地に発つ前のかぎりある時間を「絵を描くこと」にだけそそぎこんだ情熱の軌跡であり、そうした状況下にあっても「絵が描ける」歓びを甘受した若者の無上の幸福であったといってもよい。出征直前まで絵筆をはなさなかった画学生たちは、ある者は愛する妻や恋人を、ある者は敬愛する父や母を、ある者は日頃から可愛がっていた妹や弟を、ある者はたがいの青春を分かちあった竹馬の友を描いて戦場にむかった。そこに描かれている濃密な家族との絆、親兄弟との絆、友との絆は、かれらの日常をささえていたごく当り前の身辺にいる人間の姿だった。その作品の一つ一つには、あの戦争という暗黒の時代にあってもなお希望を失わず、ただひたすら「絵を描くこと」「家族を愛すること」に没入していた若者たちの、文字通りの自己表現とよべる営みがあった気がしてならない。

　そんな思いをあらためて深くしたのは、昨年四月二十九日（みどりの日）に行われた「無言館」主催の第一回成人式に参加した若者たちの言葉をきいてからである。この「成人式」は、全国各地からあつまった新成人たち三十八名が、約一時間ほど館内で戦没画学生たちの絵を鑑賞、そのあと地元上田に在住の作家小宮山量平氏から自筆の手紙のプレゼントをうけ、広島の被爆樹でつくったコカリナの演奏で有名な黒坂黒太郎さんのミニコンサート、幼い頃、事故で両腕を失った画家水村喜一郎さんの体験談をきくだけという、それこそ偉い人の挨拶もなければ花束贈呈もないきわめて簡素なものだったのだが、式の終了後、口々に語った戦没画学生の作品に対する感想が印象にのこった。

　遠く山口県から鈍行に乗ってやってきたというピアスをした二十歳青年は、

「参加してよかった。かれらの青春は、今の我々以上に輝いている気がしてうらやましかった」

栃木県からカップルできた二人は、

「今まで二十年間考えなかったことを考えた。兄が妹を描いている絵をみてジンときた」

にぎった手をはなさずにそういった。

また、同じ信州の飯田からバイクできたという二十歳は、

「親を大切にしようと思う」

ポツリというのだった。

そんなかれらの言葉をきいていて、私は「無言館」がもつもう一つの役割に気づかされて粛然としたのである。

たしかに「無言館」にならぶ画学生たちの絵をみれば、かれらの無限の可能性を奪った「戦争」というものへの憎悪と、二どとそうした過ちをくりかえしてはならないという悔悟の感情が胸をひたすのは当然である。しかし、それはあくまでもかれらが懸命に一枚の画布、一冊のスケッチ帖にきざみこんだ生の輝き、愛する者たちとともにたしかにそこにあった生の重さに足をとめてのちのことだろう。自らの生命への愛おしみと、その生命をささえてくれた親兄弟や友への感謝、妻や子へのいたわり。そ

こには経済繁栄に身をやつすいっぽうで我々の「戦後」五十余年が失ってきた、かけがえのない「日本人の原風景」があるとはいえないだろうか。

たとえば、昭和十四年に東京美術学校（現・東京芸大）に入学し、十六年に応召、満州、ラバウルを転戦後ニューギニアで二十六歳で戦死した伊澤洋が、出征直前に描いたのは「家族」と題した油絵だった。一張羅の着物を着て食卓をかこむ父や母、編物をする妹、蓄音機に耳をかたむける兄、そこに描かれているのは戦前の礼節きびしい典型的な日本人家族の団欒の風景である。しかしじっさいには、貧しかった伊澤家にこうした一家の休息のひとときはなく、洋の入学費のために庭のケヤキを売って用立てたほどだったという。「この絵は洋の空想画でしょうな」絵を戦後ずっと守り通してこられた兄の民介氏はそういって笑うのだ。

また、昭和十一年同じ東京美術学校に入学、十七年に入営し翌十八年に北支武川でやはり二十六歳で戦病死した中村萬平は、学生結婚していた妻霜子の「裸婦像」を描いて戦地に発つ。霜子は萬平の出征後、長男の暁介を出産するが、産後の肥立ちがわるく半月後に他界、萬平は愛する妻の最期を看取ることもなく、また生まれてきたわが子を眼にすることもなく満州で死ぬ。その「裸婦像」の、仄暗く沈んだ画面のなかに凛として佇む霜子の裸身の、何とあでやかで生命力にあふれた姿であることか。

そして、京橋高等小学校を卒業後デザイン会社に勤務、昭和十八年に満州に出征し、終戦が近づいた昭和二十年七月にフィリピンのレイテ島で二十二歳の生をとじた蜂谷清は、召集令状をうけとった日に「祖母なつの像」を描いた。とくべつ自分を可愛がってくれたなつの顔の皺一つ一つ、髪の一すじ一すじを、まるで自らの存命の証をきざみこむかのように黙々と描いた。「わしはまもなく祖国のために戦争へゆく。そうしたら、こうやってばあやんの顔を描くこともできなくなる」清がそういうと、なつはただ黙って涙をうかべるだけだったという。

くりかえしていうが、ここに描かれているのはけっして「戦争」への遺恨でもなければ「時局」への批判でもない。むしろ画学生たちは自らの宿命を静かに受容し、ただひたすら、あたえられた余命を画布にきざみこむことだけに全霊をかたむけている。どの絵にも「今ここに生きている自分」を「自分を愛してくれた人びと」の生命に重ね合わせることに没頭している若き画学徒の姿がみえるのだ。それらの作品をみていると、どれほどかれらがひたむきにあの時代を「絵を描くこと」によって生きぬこうとしていたか、それと同時に、そうしたかれらの志をいかに周辺の肉親の愛がささえていたかがわかって瞼がぬれる。

「今まで考えてこなかったことを考えた」とは成人式に出席した若人の言葉だが、この美術館を建設した戦争未体験者である私もまた、今まで考えてこなかったもう一つの「無言館」を思って沈黙する日々なのである。

『学士会会報』二〇〇四年三月　学士会

中国の若者がきざんだ「記憶のパレット」

中国福建省の廈門《アモイ》にトンボ帰りしてきた。現在、廈門市同安の石彫工場で制作中の、戦没画学生の慰霊碑「記憶のパレット」の作業状況をみるためである。

縦二・六メートル、横三・六メートル、重量二十三トンにもおよぶ巨大な黒御影石の碑面には、戦時中の東京美術学校（現・東京芸大）の「授業風景」が篆《てん》刻され、その上に志半ばで戦地に散った画学生約四百名の名がきざまれる。ただし、中国での作業は「授業風景」の篆刻までで、画学生の名がきざまれるのは碑が廈門港から日本に輸送された後、茨城県真壁にある古橋工芸店（国内随一の曲線彫りを専門とする石材店）に運ばれてからだ。晴れて私の営む戦没画学生慰霊美術館「無言館」（長野県上田市古安曽《こあそ》）の前庭に設置されるのは、来る六月六日の第七回「無言忌」（全国の画学生のご遺族が集う日）の当日となる予定なのである。

そもそも、なぜこの慰霊碑の制作が中国で行われることになったか、その第一の理由は、これほどの表面積、重量感をもつ石材が日本では調達できなかったという事情につきるだろう。できるかぎり碑面の美しい、しかも将来永きにわたって損傷、風化の恐れのない碑を、という私の要望に、上田駅前の石畳の工事を手がけたS興産の加賀靖健社長が協力、とくべつに中国山西省の華北地区から切り出してきた良質な黒御影石が、今回の「記憶のパレット」の石材として使用されることになったのである。

碑の制作現場に行って感激したことがあった。「授業風景」の篆刻に取り組んでいたのが、地元中国工芸学校を卒業した「陰陽職人」とよばれる若い中国人技術者三名だったことだ。パレットを形どった碑面の上に虫のように張りつき、篆刻刀を握って「太平洋戦争下の日本の美校生」を描いていたのは張亜麗さん（二十四歳・女性）で、アシスタントが王輝陽《ワンフィヤン》さん（二十五歳・男性）、刘麗玲《ソウリイリン》さん（十九歳・女性）。かつて中国兵の銃口の前にいたはずの日本人画学生らの「授業風景」を、ほぼ同年齢である現代中国の若者三人が一心に篆刻している姿に胸をあつくしたのは、同行した加賀社長や建築設計室「空」（長野市）代表の建築家縣孝二氏も同じだったのではなかろうか。

この慰霊碑建立の準備がはじまったのは、一昨年春のことだった。「無言館」の建設と同じように、この碑の費用も全国のご遺族、関係者のあたたかい浄財によってまかなわれた。しかし、戦後六十年を来年にひかえた今、建立を待ちわびていたご遺族のなかには力尽きて他界された方が何人もいる。ただただ、数日後にせまった「記憶のパレット」の完成の日を、のこされた人びととともに祝いたい気持ちでいっぱいなのである。

『信濃毎日新聞』二〇〇四年五月二十四日

日中合作「記憶のパレット」の受難

一昨年の夏、私が九年前から営んでいる戦没画学生慰霊美術館「無言館」（長野県上田市）の前庭に、「記憶のパレット」と名付けられた慰霊碑が建立された。縦二・六メートル、横三・六メートル、中国山西省から取り寄せられた重量二十三トンにもおよぶ黒御影石の碑面には、戦時中、東京美術学校（現・東京芸大）に在籍していた学生たちの「授業風景」が篆《てん》刻され、その上に戦没画学生四百余名の名がきざまれている。

ひとくちに「戦没画学生」といっても出身校はさまざまで、東京美術学校の他、現在の多摩美大、武蔵野美大の前身である帝国美術学校、あるいは京都絵画専門学校、そして独学で絵を学んでいた学生らも多数ふくまれている。いずれも先の日中戦争、太平洋戦争などに学業半ばで駆り出され、そのまま戦場から還ってこられなかった「画家の卵」たちの名である。

慰霊碑の制作を請け負ってくれたのは、たまたま地元上田市の駅前開発を手がけていた茨城県真壁市のF石材店だったが、要望通りの重量感、表面積をもった石材が日本では調達できず、結局、中国山西省の華北地区の山から切り出してきた良質な黒御影石を福建省の廈門《アモイ》市にある石彫工場まで運び、中国工芸学校を卒業した「陰陽職人」とよばれる画工たちの手によって碑面の「授業風景」が篆《てん》刻されることになった。パレットを形どった巨大な石の上にバッタのように張りつき、篆刻刀を握って「太平洋戦争下の日本の美校生」の姿を碑面に彫りこんだのは張亜麗《ジャンヤアリィ》さん（二十四歳・女性）、王輝陽《ワンフィヤン》さん（二十五歳・男性）、刘麗玲《ソウリィリン》さん（十九歳・女性）の三人。かって中国兵の銃口の前にいたにちがいない日本人画学生の「授業風景」を、当時のかれらとほぼ同年齢である現代中国の若い青年画工たちが一心に篆刻している姿に、立ち会った私はただただ胸をあつくしたものだった。

すべての作業が終ったとき、謝意を表した私にむかって、

「从那战争《ツォンファジャンジョン》　己経辻了《イージングォラ》　足够的岁月《ズウゴウダスイユエ》（もうあの戦争からじゅうぶんな月日がたったのですから）」

短くいった張さんの言葉が忘れられない。

ところが、この「記憶のパレット」が「無言館」に設置されて約一年ほどがたった昨年六月、思いがけない事件が勃発した。ある朝、館員が出勤してみると慰霊碑の碑面の全体の三分の一にあたる部分に、真っ赤なペンキがかけられているではないか。遠くに浅間山や千曲川の流れをのぞむ東信州の丘の頂、館の建つ周辺の緑がとりわけ美しい初夏の季節だっただけに、碑面の「授業風景」を覆いつくした大量の赤ペンキの、何と毒々しく鮮烈だったこと！

もちろん即刻、地元警察に被害届を出して捜査を依頼したのだが、まだ実行者は特定されていない。あれからさらに一年が経過しつつある今日に至っても、実行者がそうした蛮行におよんだ理由や背景もまったく明らかになっていない。

ただ負け惜しみではなく、私はこの赤ペンキの主によってあらためて「無言館」という美術館に凝縮されている「時間」の重みを思い知ったのだった。張さんは「もうじゅうぶんな月日がたった」といっていたけれども、戦後六十年の月日は志半ばで戦地に散った画学生たちにとって、まだまだじゅうぶんとはいえない時間なのではないか、と私は思った。それは「戦没画学生」たちの描いた絵が、かれらが生きた戦争という時代の呪縛から解き放たれ、正真正銘かれらが描いた「生の証《あかし》」として私たちが抱きとめるための月日、という意味においてである。
もちろん、私はまだこの事件のことを廈門に住む張さんたちには知らせていない。「記憶のパレット」の赤ペンキをすべて排除せず、一部をそのままのこすことにした心境の変化についても報告していない。

『フォーサイト』二〇〇六年八月号　新潮社

赤ペンキとコスモス

――「戦後六十年」の痕跡

ようやく「戦後六十年」の夏が終った。とにかく今年の「無言館」へのマスコミ取材はスゴかった。有り難いこととは思うが、正直のところ一日も早く「六十年」から解放されたかった。

前山寺の先々代住職の奥様ふみさんが、「信濃デッサン館」にコスモスの苗をもってきて下さる。ふみさんは「無言館」にも毎年コスモスの種を撒《ま》いて下さるのだが、なぜか「無言館」よりも「信濃デッサン館」のほうが根付きがよいという。両館とも同じような造成地なのだが、そこは開館二十七年と八年の貫禄（？）の差だろうか。

今月一日には館主催による前山寺境内での「秋桜能《コスモス》」が催されたばかりで、塩田平に一段と秋の色は深まれり、といった季節の到来なのである。

そういえば、六月半ばに「無言館」の慰霊碑に赤ペンキがかけられた事件があったが、一部だけペンキをのこした碑のそばにもコスモスが咲いている。

一部だけペンキをのこすことには賛否があった。「過剰な情的対応は不届き者をつけあがらせるだけ」「断固とした態度で臨んでほしい」という遺族の意見もつよかったし、全国紙の投稿欄にも「早く犯人の究明を」「戦没画学生が泣いている」という投書が寄せられていた。だが私には、自分の建てた「無言館」の正当性を、眼にみえぬ反論者にむかって主張する勇気がどうしてももてなかった。戦争の何たるかを半分も知らぬまま生きてきた戦後飽食者にとって、この「無言館」の建設そのものが、自らの「戦後」に赤ペンキをかける行為と同じ意味をもつものではないかと思えたからである。

そんな「戦後六十年」の痕跡としてのこされたほんの何十センチかのペンキ跡が、何となくふみさんのコスモスの横で頭を垂れてみえるのは気のせいだろうか。汚されたときにはあれほど毒々しく鮮烈だったペンキの色が、碑のかたわらに咲くコスモスの淡い花影にちょっぴりくすんでみえる。

デジカメで撮った写真を「無言館」顧問の野見山暁治さんに送ったら、

「もう少し、ペンキの領分をのこしたほうがよかったんじゃないかな」

色彩の鮮やかさで知られる画家らしい答えが返ってきた。

作家の城山三郎さんが、日本人の「熱狂」好きを憂いておられる。戦前の皇国教育下に育った城山さんの世代には、いかんともしがたい「熱狂」への警戒心があるのだという。「熱狂」は大衆を一方向に押し流し、人の心から個の思想をうばいとる危険性をもつ、と指摘されている。

その点、無言館のコスモスは「熱狂」のあとの「静寂」を慈《いつく》しんでいるかのようだ。塩田平の丘にゆれる小さな白い花弁は、やがて訪れる「六十一年」の空の下でも同じように可憐に咲いてくれるだろう。

『信濃毎日新聞』二〇〇五年十月十四日

赤ペンキ事件のこと
——その「罪と罰」について

碑と赤ペンキ

この文章を依頼される数日前の、去る六月十八日、私の営む戦没画学生慰霊美術館「無言館」（長野県上田市）の前庭にある慰霊碑に、何者かの手で赤ペンキがかけられるという事件がおこった。このニュースは即日、全国紙でもカラー写真つきで報じられたので知っている人も多いかと思う。

縦二・六メートル、横三・六メートル、重さ二十三トン、中国山西省から切り出された黒御影石でできた慰霊碑は、私の命名で「記憶のパレット」と名付けられ、画学生の遺族や関係者、全国の篤志約一千名からの寄附金をもとに昨年春に建立されたもので、碑の表面には戦時中の東京美術学校（現・東京芸大）における「授業風景」が篆《てん》刻され、その上に先の太平洋戦争、日中戦争などで戦死した画学生四〇三名（現時点での判明分）の名がきざまれている。現在、「無言館」に遺作が収蔵されている画学生は八十七名だから、この碑には美術学校に在籍、または展覧会等に出品しながら、戦火や終戦後の混乱のなかですべての作品が喪《うしな》われてしまった「遺作なき画学生」三一六名もふくまれているわけである。

その慰霊碑の真ん中の、ほぼ三分の一にあたる部分に赤いペンキがぶっかけられた姿は痛々しかった。おまけに業者の話では、ペンキは何種類かの塗料や薬剤を巧みに配合したものらしく、そう簡単には碑面から落ちにくい材質のものなのだそうだ。「無言館」の周辺の風景が、いかにも六月の信州にふさわしい深緑の色にそまっていただけに、白日に照らされてテラテラと光ったその「赤」は、酷《むご》いほど鮮烈だったのである。

駆けつけた各社の記者に、被害者である私は「美術館の活動に対する意見の相違からの行為だったにしても、この表現方法はあまりにも空しくて悲しい」とコメントしたが、もちろんそれだけで胸中のすべてが吐き出せたわけではなかった。折しも「戦後六十年」の終戦記念日をひかえて、各社とも「反戦」とか「慰霊」とかいった言葉に尋常以上に敏感になっていたときなのだが、今の段階では犯人（？）の意図も目的もまったくわかっていない状況だったので、私はあくまでもその犯意をいい加減に想定した上で、そう答えるしかなかったのである。

だが、この事件についての戦没画学生の遺族の反応は、私が考えていた以上に手きびしいものだった。

フィリピンのルソン島で戦死したある画学生の甥にあたる六十三歳の男性は、

「断固として犯人をさがし出してほしい。何らかの政治的圧力ならば、徹底して真相を究明してほしい」

といい、ビルマ戦線で戦病死した画学生の兄にあたる九十歳の男性は、

「私たちはただ、画家への志半ばで戦死したかれらの遺作をここで保存しつづけてゆきたいだけ。そのことにどんな罪があるというのか」

と憤慨していた。

そして、それは言外に、この美術館の設立者である私に対して、「もっと毅然とした態度で臨んでほしい」、あるいは「あなたにはこの美術館を守らなければならない責任があるのだから」といった遺族共有の思いを多分にふくんでいたのである。

だから、私がその事件後にとった「赤ペンキを全部除去せずに一部をのこしてお

く」という方針には、ほとんどの遺族、関係者は反対だったといっていいだろう。何しろ私は事件後すぐに業者をよんで、慰霊碑の真ん中を真ッ赤にそめているペンキの大部分の除去を命じたものの、碑の側面にこぼれたごく一部のペンキは「そのまま」にしておくことを提案したのだった。「ペンキを全部取り去ってしまったら、この事件そのものが無かったことになってしまう」というのがその理由だったのだが、心ある支援者の眼からみたら、私のそうした事件への対処策は、ある意味においてどことなく偽善めいた、どこかで事件の本質をゆがめかねない優柔不断な姿勢とうけとられたのではなかろうか。

じっさい、いち早く私のその方針をききつけたある全国紙は、数日後の夕刊に「憲法九条の会と赤ペンキ」という見出しのコラムを載せ、「館主の窪島氏が美術家九条の会の発起人をつとめていることと今回の事件は関係しているのではないか」という、多少穿った見方といえなくもない推理を展開していたが、その論旨の底にも、慰霊碑のペンキ被害を「そのまま」にしておこうとする私の真意を計りかねている戸惑いがあるように思われた。もちろん「無言館」のある地元信州のマスコミも、中央紙以上にこぞって「赤ペンキ」の行方に興味をしめしていたのだが、どちらかといえば被害者の私が下した「ペンキ一部のこし策」には首をかしげる論調が多かったようだった。

また、これは遺族ではなかったが、「無言館」の開館時から色々と応援してくれている作家のS氏からは、

「ボクだったら無かったことにするな。だいいちキミの美術館に赤のペンキは似合わない」

そんな半分叱責、半分忠告のような手紙をもらった。

他にも二、三の絵描きから電話をもらったが、いずれも、

「ペンキの一部をのこすなんて悪趣味はやめたほうがいい。相手をつけあがらせるだけだよ」

といった意見が大半だった。

「無言館」の誕生

「無言館」は平成九年五月、全国三千名にもおよぶ賛同者の浄財によって建築費の半分を調達、あとの半分を私が市中銀行から借り入れて建設した純然たる民間経営の美術館である。

建設のきっかけは、私が二十七年前から上田市郊外で営んでいた私設美術館「信濃デッサン館」（大正、昭和期の夭折画家のデッサンを展示している）での講演会に画家の野見山暁治氏をお招きした際、氏がふと漏らされた「かって戦死した仲間の美術館をつくりたいと夢みたことがある」という一言からだった。野見山氏は昭和十三年に東京美術学校に入学、同十八年にくりあげ卒業して満州の牡丹江省に出征するのだが、まもなく肋膜を患って陸軍病院に入院、翌十九年二月に療養のため内地送還される。しかし、戦地にのこった多くの同級生、先輩後輩たちは戦場のツユと消えた。「死んだ仲間の絵を蒐めたい」という野見山氏の希《ねが》いは、いわば生きて還った野見山氏の、積年のザンキの念を解消する唯一の手だてだったといってもいいのだろう。そんな氏の思いに共鳴した私が、氏とともに（途中から一人で）二年半にわたって全国の遺族宅を行脚し、北から南から約三百点の遺作や遺品を収集、やがて「信濃デッサン館」の分館として隣接地に建設したのが「無言館」なのである。

ただ、いざそうやって全国をあるいてみると、私はしみじみと自分と野見山氏との「戦争体験」のギャップをかんじないわけにはゆかなかった。

野見山氏には戦地に画友を置き去りにして、自分だけが戦後を生きのびたという負い目のような感慨があるのだろうが、私の場合はそのことすらをちゃんと自覚せずに生きてきたという「戦後」喪失者の負い目がある。負い目というか、自分の生きた時代の現実をきちんと見つめようとせず、何か肝心なことから眼をそむけて生きてきた「後ろめたさ」のようなものがあったといってもいいのである。

真珠湾攻撃直前の昭和十六年十一月に生まれた私は名ばかりの「戦前派」、物心ついてからは敗戦の対価としての高度経済成長、物質繁栄の道に身をゆだねたノホホン世代だった。もちろん戦時中に親子三人で宮城県に疎開、そのあいだに山ノ手大空襲によって東京・世田谷の家作を焼失、草の根一本生えない焼け野原で細々と靴修理業を営む養父母に育てられた男だったから、そこに人なみの「戦後」の暦がなかったわけではないのだが、苦労したとすれば父や母であり、子はそんな両親の労苦と時代の庇護に守られて火の粉一つかぶらず、成長日本の物カネ社会をひた走ったのだった。

つまり、野見山氏の述懐に心を動かされて、全国の戦没画学生宅を訪ねる旅に出たのも、私にとってはそうした中途半端な自分の「戦後」に対するカムフラージュというか、ある種の自己弁明という意味もあったといっていいのだろう。あるいはそれは、私自身が発明した「戦後処理」（？）の一つといえたのかもしれない。しかし、それにしても、死んだ画友への鎮魂に背中をおされた復員画家の野見山氏にくらべて、どうみても私の「無言館」建設への旅の動機は今一つ稀薄であり、どこかに取って付けたようなワザとらしさがあったように思われてならないのである。

そして、そうした私の「戦後」へのぬきさしならない負い目は、「無言館」が開館して八年にもなる今になっても、まったく変わることなく私の心の底に澱《おり》のようにたまっているのだから厄介なのだ。

たとえば今でも私は、「無言館」を訪ねる人たちから、

「立派なお仕事をなさいましたね。尊敬していますよ」

などといわれると身がちぢみ、

「だれかがやらなければならない仕事でした。感謝しています」

なんていわれると、もう生きた心地がしない。

また、新聞や雑誌のインタヴューで、

「あなたにとってヘイワとは？」

とか、

「センソウとは？」

とかいった金太郎飴のような質問の集中砲火をあびるたびに、私は何一つ満足のゆく答えができずにうつむくしかないのである。

つまり、今もって私にとっての「無言館」は、あまりに無自覚だった自らの「戦後」をもう一どふりかえり、そこに生じた悔悟や自省の感情と否応なくむきあわされる美術館だったといえるだろう。いや、私自身の悔悟や自省というよりも、私たち世代が共有してきた「戦後」のもつ、もうほとんど熱狂というしかなかったあの時代のありようと、もう一ど真正面からむきあわねばならない美術館だったともいえるのである。

「無言館」の総司令官（？）である野見山暁治氏は、そんな二等兵クボシマの過剰な苦悩ぶりには半分あきれたような顔で、

「ま、そんなに自分をイジメることはないよ。キミのおかげで画学生たちの絵が人目にふれることができたのは事実なんだから」

そう慰めてくれているのだが。

画学生たちの絵

それともう一つ、私が美術館としての「無言館」に抱いている永遠のジレンマがある。

それはこれまでにもあちこちに書いてきたことなのだが、戦没画学生の絵はけっして「反戦平和」や「平和祈願」を目的として描かれたものではないということだった。今や「無言館」といえば、マスコミで「人類に世界平和を」「子供たちに平和を」のスローガンとともに語られる反戦美術館であり、最近では「イラク派兵反対」「憲

法九条を守れ」の旗手にもひっぱり出される多忙美術館なのだが、その館内にならぶ画学生の絵には、一点として戦争のために描いたり戦争によって描かされたりした絵などはない。時代の仕打ちに抗《あらが》い、自らにあたえられた宿命を恨んだり、呪ったりしている絵もない。見てもらえればわかるのだが、そこにあるのは戦争下にあって最後まで「絵を描くこと」を忘れなかった若い表現者たちの強靭な意志の結晶であり、自我の発露としての絵画であったといってもいいのである。

たとえば——

出征まぎわまで恋人をモデルにした裸体画に手を入れ、「あと五分、あと十分、この絵を描かせておいてくれ」と叫びながら応召、二十七歳でルソン島で玉砕死した鹿児島県種子島生まれの日高安典が描いた「裸婦」。

学生結婚していた若妻の腹に子を宿し、誕生したその子の顔をみることもなく、また出産後まもなく他界した妻を看取ることもなく、北支武川で二十六歳の生を終えた静岡県浜松市出身の中村萬平がのこした「妻の像」。

栃木県河内郡の貧しい農家から美校にすすみ、親兄弟の期待をあびながら激戦地のニューギニアで二十六歳で戦死した伊澤洋の「家族」。

戦前ではめずらしかった商業デザインや児童絵本の道に才能を発揮して広告会社に勤務、やはり出生まもない幼子をのこして応召し、満州錦州省で三十歳で戦病死した福岡県門司市の吉田二三男の「風景」。

終戦まぎわの昭和二十年春に満州林口に入営、行軍中に延吉で三十一歳で消息を絶った青森県弘前出身の千葉四郎がのこした絶筆「母の像」。

新婚当初の初々しい妻の裸体デッサンを唯一の遺言にし、長崎県の大村市海軍航空廠で就労中、B29の狙撃をうけて二十九歳で戦死した佐久間修の「静子」。


それらはどれもが、あの一灯とて光明のささなかった暗黒の時代のなかで、ひたすら自らの生の証を画布にきざみこんだ初々しい青春の記録であるといえるだろう。出征前の「かぎられた時間」を、愛する妻や恋人の肖像、敬愛する父や母の顔、兄弟姉妹の姿、また親しかった画友や幼い頃あそんだ故郷の山河を描くことに費やした画学生たちの、何と濃密な愛の日々であったことか。そうした絵のなかに、いわゆる戦争資料館や平和記念館にあるような、戦場からの「銃」や「軍服」や「軍靴」といった戦利品的モチイフをさがし出すことはむつかしい。また、そこに一片の憂国的スローガンやプロパガンダを見出すことも困難だろう。

むしろかれらの「画業」からは、いかに私たちが戦後六十年、かけがえのない日本人の原形とでもいうべき人間風景を喪《うしな》ってきたかということが伝わってくるといったほうがいいかもしれない。子ごろし親ごろし、金銭万能、パソコン孤独の現社会を生きる私たちが、今やどれだけ手をのばしても取りもどせない「日本の原風景」がそこにあるというべきなのかもしれない。もし画学生たちの絵が何かを告発しているとしたら、それはあの不条理な戦争という時代に対してだけではなく、私たち各人がこの六十年とどうむきあって生きてきたかという、いわば一億日本人の「戦後」の姿に対してではないかという気さえするのだが、どうなのだろうか。

しかし、残念ながら今のところ、この「無言館」にある画学生たちの絵をそういう眼でとらえている人はきわめて寡《すく》ないようなのだ。「無言館」を訪れる年間何万もの来館者の大半にとっては、かれらの作品はあくまでも志半ばで戦死した不幸な戦争犠牲者の「形見」なのであり、あの忌わしい記憶をよびおこす戦地からの「遺留品」でしかないのである。かれらの絵の前に立っただけで、だれもが「戦争さえなければ生きられたのに」「もっと好きな絵を描かせてやれたのに」といった哀惜の涙にくれ、かれらの画家への志を断ち切った理不尽な時代の仕打ちを嘆きながら家路につくのだ。

「無言館」の出口に備えられている「感想文ノオト」に、

「二度と戦争は繰り返しません」

「平和は素晴しい」

「こんな前途有為な若者の夢をうばった戦争がにくい」

といった呪文のようなせつない願望が、まるで満水のダムのようにあふれていることをみても、画学生たちの絵の鑑賞以前に、いかに来館者がかれらを死に至らしめた戦争への憤慨に心をうばわれ、かれらの絵のもう一つの存在意義を見のがしているかがわかるのである。

私はそうした「感想」を眼にするたびに、画学生の絵が「反戦」意識にもたらす効用の大きさ、その訴求力の強さを思い知るのだが、それと同時に、「無言館」が戦死した画学生の絵をどこかで不当に扱っているのではないかという思いにもさいなまれる。いや、不当というより、かれらの絵が本来もっている「絵画としての役割」をどこかで圧殺し、矮小化し（かってかれらを取りかこんでいた時代がそうであったのと同じように）、その自己表現の本質を蹂躙しているのではないかという虞れをいだくのである。

うまくいえないのが焦《じ》れったいのだが、けっしてかれらの同意を得て建設されたわけではない、いわば生き残った者だけのエゴイズムによってつくられた「無言館」が、気付かぬうちにかれらの絵に対しておかしている「罪と罰」に、私は日夜怯《おび》えているとでもいったらいいだろうか。

戦後の「痕跡」

さて、また最初にふれた「赤ペンキ」の話にもどるけれども、事件後半月ほどが経過して、ようやく慰霊碑「記憶のパレット」は元の姿に復元されつつある。佐久市内の塗装業者が三人がかりで除去作業にあたってくれて（トルエンと炭化水素剤の混合が今回の洗浄には効果を発揮してくれたそうだ）、何とか碑面の三分の一を覆っていたペンキの大部分が取り除かれつつあるところである。

　そこでふたたび問題になったのが、私が事件直後に提案した「ペンキのごく一部をそのままのこす」という方針なのだが、予想以上にその「赤」の発色が強力なために処置に困っているというのが現在の状況なのである。「一部をのこす」といった方針に変わりはないものの、とにかくその「赤」があまりに鮮明すぎて「目障りであること極まりない」（来館者の感想）ので、ほんの少しのこしただけでも、その存在はかなり目立つのではないかというのである。

　若い館員などは、私の迷いを見透かしたように、

「やっぱりのこすんですか？」

　ちょっとイジワルそうに私の顔をのぞきこむ。

　そのたびに、

「もちろんのこす、ごく一部だけをのこす」

　私はそういい張る。

　そして、

「どうせ貧乏美術館だからね。いつも赤信号だということだよ」

などといって、若い館員をケムにまく。

多少牽強付会めくのを承知でいえば、私はやはり、現在の「無言館」が抱えている一切の「罪と罰」の痕跡として、碑にかけられたペンキをのこしたいと熱望しているのである。そして、その「罪と罰」の痕跡こそが、じつは私たちが生きた「戦後六十年」の痕跡であり、その「戦後」と対峙した私自身の「六十年」の痕跡ではないかとも考えているのである。

不謹慎ないい方になるかもしれないけれども、慰霊碑を汚した「赤ペンキ」がちょっとやそっとでは剝がれ落ちない強度の粘着性をもち、その色彩がみる者のだれをも不快にするほど目障りな「赤」であるというのも何だか暗示的だ。そこには、眼にみえぬ警告者が「無言館」に対して発しているサインの、けっしてそこから消えぬであろう頑迷な主張があるような気がしてならない。私たちがたどった「戦後六十年」の痕跡、私たちがその歳月をどう生きてきたかという痕跡は、そう簡単に剝がれ落ちませんよという警告者の声がきこえるような気がしてならないのである。

報告しておくと、この事件に関しては「無言館」顧問の野見山暁治氏も私とほぼ同意見で、この事件を「無かったこと」にしておくのには不賛成だという。

ただし、野見山氏はもっと強硬派で、

「ペンキは全部、一滴たりとも剝がさず、そのままにしておいたほうがいいだろう」

というのだ。

「全部？」

びっくりした私が、「赤ペンキで血縁者の画学生の名を消されてしまったご遺族の心情を考えると、そんなわけにはいきません。それにボクには館主として管理責任というのがあるんですから」というと、

「キミはやさしいねぇ、だからこんな美術館ができたんだろうねぇ」

野見山画伯はわらっていた。

総司令官と二等兵の「格」のちがいをまざまざと知らされた思いだった。

『現代』二〇〇五年八月　講談社

「無言」という言葉
——「無言館」の絵に想うこと

私が信州上田に戦没画学生慰霊美術館「無言館」を建設して八年半がたつ。おかげさまで、最近ではマスコミ等の喧伝もあってずいぶん来館者がふえた。

展示されているのは、いずれも先の太平洋戦争、日中戦争などに出征し、画家になる夢を断たれて戦死した画学生たちの遺作、遺品約三百点である。建て坪およそ八十坪ほどの小さなコンクリート館のなかに、出征直前まで絵筆を握っていたかれらの、妻や恋人の絵、父や母の絵、可愛がっていた弟や妹の絵、幼い頃友と遊んだ故郷山河の絵が飾られている。そして、その横にはかれらが戦場から家族にあてた手紙や絵ハガキ、また美校時代の写真や学帽、愛用していた絵筆や絵具箱、スケッチ帖などがひっそりとならんでいるのである。

「ムゴンカン」という名前は私が付けた。はっきりした理由があっての命名ではないのだが、全国各地におよぶ戦没画学生のご遺族宅をめぐり、かれらの「生の証《あかし》」とでもいうべき遺作を収集してあるくうちに、ふと思いうかんだ館名だった。

時々、来館者から、

「なぜ、ムゴンカンという名を付けられたのですか？」

と尋ねられて困惑するのだが、大体次のように答えることにしている。

一つは、画学生たちの絵はあくまでも無言であり、何も語らぬということ、そして、そこにこめられた言葉はおそらく永遠に秘匿されつづけるであろうということ。何しろかれらの絵は、少なくとも戦後数十年の長きにわたって、歴史から一顧だにされることなく放置され黙殺されてきた絵なのだ。かれらの絵が今を生きる私たちへの、、、、告げるべき言葉を喪《うしな》い、いわば激変する「戦後六十年」のなかでひたすら沈黙を通すしかなかった絵であることはたしかだろう。

それと、もう一つ私が用意している命名の理由がある。

それは、そうした沈黙しつづけるかれらの絵の前に立ったとき、私たちもまた無言であるしかないということである。戦没画学生たちの絵が何も語ろうとしないのと同じように、私たちもかれらの絵に対して一言の言葉を発することができない。その絵を前にするだけで、私たちのだれもが自らがすごしたあまりに軽ハズミで底浅い、一つとしてかれらの負託に答えることのできなかった「戦後」をふりかえるからである。

来館者の多くがかれらの絵の前で悄然とうなだれ、その一枚のカンバス、一冊のスケッチ帖にきざまれた至純な青春に涙するのは、今はただ無言であるしかない自分自身への悔悟の念があるからだと推するのだが、どうだろうか。

作家の城山三郎さんが日本人の「熱狂」好きを憂いておられる。戦前の皇国教育下に青春をおくった城山さん世代にとって、何より「熱狂は禁モツ」であり、「熱狂は危険」なのだそうだ。ともすれば「熱狂」は、大衆から個の思想を奪い去り、一方向にのみ民意を押し流す怖さをもつという。

「無言館」にならぶ戦没画学生の絵をみていると、あらためてかれらを取り囲んでいたあの時代の「熱狂」に思いがゆく。

召集令状をうけとった日、栃木県河内郡から出征し、二十六歳でニューギニアで戦死した画学生Iが描いた一本の「道」、鹿児島県種子島から出征し、ルソン島でやはり二十七歳で戦死したHが描いた「恋人の像」、東京・日本橋の染色画工の子に生まれ、満州の牡丹江で二十三歳で戦病死したOが描いた妹「和子の像」……。それらは

「天皇陛下万歳」でわきかえる一億総熱狂時代に抗(あらが)い、かれらが「絵を描くこと」によって獲得したかけがえのない、万語の言葉をひめた「無言」の世界であった気がしてならないのである。

『星座』二〇〇六年一月　かまくら春秋社

ある戦没画学徒の「風景」
——そこにある「生命《いのち》の匂い」

究極の「風景画」は「人物画」である、といった人がいるかどうかは知らないけれども、私は断然その意見の支持派である。人間の匂いのない風景画、生きものの生存気配や息遣いを欠いた風景画ほど鑑賞に値しないものはない。

「風景画」といえば、だれでも風光明媚な海、山をモチイフにした絵、旅先で眼にした異国の町のスケッチなどを思いうかべるだろうが、そんな風景画の優劣を決するのも「そこに人間がいるか」、あるいは「人間がいたか」という視点の有る無しである。もちろんそれは、海や山の景色の一部に人が描きこまれているかだとか、人の痕跡が描かれているかだとかといった問題ではなく、ひとえに「人間がみている風景」であるかどうか、という問題なのだ。

たとえば、私の営む戦没画学生慰霊美術館「無言館」にある伊澤洋の「風景」（「道」）などは、そうした条件をみたす数少ない秀作の一つといえるだろう。

伊澤洋は大正六年栃木県河内郡の農家の子に生まれ、昭和十四年東京美術学校（現・東京芸大）に入学、十六年同校をくりあげ卒業して満州チチハルに出征し、十八年ニューギニアで二十六歳で戦死した無名の画学生だが、召集令状をうけとった当日に描いたのが、この「風景画」だった。緑濃く生い繁った樹木にそってのびる一本の道、その道の先は白いモヤのような不確かな色彩にのみこまれ、あたかも洋の帰還なき明日を予感させるようでやるせない。貧しかった伊澤家では、家宝にしていた庭のケヤキを処分して洋の美校の入学費を捻出したというが、この「風景」はその自宅庭にもほど近い、ごく日常的な身辺風景の一片を切り取った作品である。

そこに「人間がいるか」、それが「人間がみている風景か」という問いは、この伊澤洋の「風景」のような絵の前ではほとんど無力であるといっていいだろう。人っ子一人描かれていない無人の道には、出征直前の若き画学生の「生命《いのち》の匂い」がじゅうまんしていて、みる者を惹きつける。お世辞にも色使いや筆運びが熟達しているとはいい難い無名画家の「風景」が、これほどまでにみる者の心に沁みこむのは、幼い頃から見慣れた一本の故郷の道にそそがれる画学生の眼が、いかにひたむきで真摯なものであったかという証左ではなかろうか。

「風景画」にかぎったことではないのかも知れないが、画家が眼の前の対象を描こうとする初動の心は、その対象の奥にどれだけ画家が自らの祈りや希望を見出すかにかかっているともいえるだろう。およそ「風景画」たるものは、ただ画家の手によって風景が描かれるのではなく、画家が凝視した風景によって画家自身の姿が炙《あぶ》り出されるべき作業だからである。
最近はそんな愚直でまっすぐな、画家の肖像画のような「風景画」が寡《すく》なくなった。

『美術の窓』二〇〇五年九月号　生活の友社

あとがき

――「生きること」への畏《おそ》れ

私の信州暮しも三十年近くになる。

「信濃デッサン館」が開館二十八年、分館の「無言館」が九年、思えば遠くへきたもんだ、なんて歌の文句があるけれども、ちょうどそんなふうな心境だ。

文中にある通り、この本の副題になっている「赤ペンキ事件」は、一昨年の六月に「無言館」でおきたやりきれない事件だった。戦地で亡くなった画学生たちの名をきざんだ慰霊碑に、だれかがべっとりと赤いペンキをかけていったのだ。今もって犯人はわかっていない。

しかし、私はそのペンキを全部除去せずに、碑の一部にほんの少しだけ残した。そのほうが、いつまでもその事件を忘れずにいることになるだろう、と考えたからだ。

当然、全国からそうした処置に対する賛否両論の意見がよせられた。忌わしい事件に寛大な姿勢でのぞまれた貴館に敬意を表する、という人もいれば、戦没画学生たちの無垢な魂を傷つけた犯人を絶対に許せない、そんな甘い対応をしていては相手をのさばらせるだけだ、という人もいた。

でも、二年もすぎてしまうと、もう事件をふりかえる人も、語る人もほとんどいないようだ。ほんのちょっぴりペンキ痕をのこした慰霊碑のそばには、毎年同じ季節になると、白、紫、赤のコスモスが競い合うように背をのばして風にゆれている。まるで、人間世界の無常や諍《いさか》いをほほえみながら観察でもしているように。

ふしぎなことだが、私は今も赤ペンキの主を少しも憎む気持ちになれないでいる。これも文中に書いたことだけれども、私はよほど自分自身の日々の営みに自信のもてない人間なのだろう。私はむしろ、これまで自分がしてきたことが多くの人びとに赦《ゆる》され、手厚くされてきたことのほうに畏《おそ》れをもつ。自分の気付かないところで、どれだけの人が悲しみ、傷ついているだろうかなどと想像して胸をつぶす。

昨今の政治や社会のなかでは、こうした考えは「自虐史観的」だとかといってあまり歓迎されていないようだ。しかし、これも性格だから仕方ない。私にとって「生きること」は、いつも自らのエゴや自我に対する畏れやおののきとたたかいながら、自分の足で一歩一歩前にむかってあるいてゆくことにほかならない。

今日も明日も明後日も、おそらく死ぬまでずっと。

そんな「自虐的」な信州での美術館暮しのなかで、あちこちに書いた小文章が五百枚近くになり、そのなかから清流出版の野本博さんが三分の二ほどを選《よ》って一冊にして下さった。

刊行にゴーサインを出して下さった加登屋陽一社長にも、心から感謝するしだいである。

二〇〇六年　深秋　　信州の孤居にて　　窪島誠一郎

窪島誠一郎（くぼしま・せいいちろう）

一九四一（昭和十六）年東京生まれ。信濃デッサン館、無言館館主、作家。印刷工、店員、酒場経営などを経て、六四（同三十九）年、東京都世田谷区に小劇場運動の草分けとなる「キッド・アイラック・アート・ホール」を設立。七九（同五十四）年、長野県上田市に夭折画家のデッサンを展示する「信濃デッサン館」を、九七（平成九）年、同館隣接地に戦没画学生慰霊美術館「無言館」を創設。
『父への手紙』『「明大前」物語』（筑摩書房）、『信濃デッサン館日記』『無言館の坂道』『雁と雁の子』（平凡社）、『無言館ノオト』『石榴と銃』『鬼火の里』（集英社）、『無言館への旅』『高間筆子幻景』（白水社）など著書多数。第四十六回産経児童出版文化賞、第十四回地方出版文化功労賞、第七回信毎賞を受賞。二〇〇五（平成十七）年、「無言館」の活動で第五十三回菊池寛賞を受賞。

「信濃デッサン館」「無言館」遠景
――赤ペンキとコスモス

二〇〇七年二月十一日［初版第一刷発行］

著　者……窪島誠一郎

発行者……加登屋陽一

発行所……清流出版株式会社
東京都千代田区神田神保町三－七－一　〒一〇一－〇〇五一
電話〇三（三二八八）五四〇五
振替〇〇一三〇－〇－七七〇五〇〇
〈編集担当・臼井雅観〉

印刷・製本……株式会社シナノ
乱丁・落丁本はお取り替え致します。
ISBN978-4-86029-193-8
http://www.seiryupub.co.jp/

清流出版の好評既刊本

A5判並製 170頁

定価 2520円